LES VOIX

DU SIÈCLE.

LES VOIX

DU SIÈCLE.

3749

LES VOIX

DU SIÈCLE.

PAR

Victor Leroux.

PARIS,

HIPPOLYTE SOUVERAIN, ÉDITEUR,

rue des Beaux-Arts, 3 bis.

1836.

PRÉFACE.

＊

Le prophète, poète sacré, le poète, prophète
profane, furent jadis et partout, regardés
comme des êtres divins ; on les regarde aujourd'hui comme des êtres insensés, ou tout
au moins inutiles ; cela est logique. — Si vous
comptez, pour tout, le monde matériel et pal-
pable, cette partie de la nature qui se résout
en chiffres, en étendue, en argent, ou en vo-
luptés physiques, vous faites bien de mépriser
ces hommes, qui ne conservent que le culte du
beau moral, l'idée de Dieu, et cette langue des
images, des rapports mystérieux entre l'invisible
et le visible ! — Qu'est-ce qu'elle prouve, cette
langue ? — Dieu et l'immortalité ! — Ce n'est
rien pour vous.

(AL. DE LAMARTINE, *Voyage en Orient.*)

Oui... ils aiment assez à faire vivre les morts
et mourir les vivants.

(ALFRED DE VIGNY, *Chatterton.*)

Mais sans cesse il faut suivre, en la commune arène,
Le flot qui le repousse et le flot qui l'entraîne !
    Les hommes troublent son chemin :
Sa voix grave se perd dans leurs vaines paroles ;
Et leur fol orgueil mêle à leurs jouets frivoles
    Le sceptre, qui pèse à sa main ?

(VICTOR HUGO, *le Poète.*)

＊

Une préface complète une première œuvre, et surtout un poème; elle est la chose raisonnée à côté de
la chose sentie, la tête au-dessus du cœur et de l'ame!
— Ce n'est qu'après avoir reconnu combien elle ser-
virait à ce volume, que je me suis hasardé dans ses
routes tortueuses : routes toujours pénibles pour un
jeune marcheur.

Une fois cette résolution arrêtée, une grande question, reproduite à chaque page dans ce poème, où elle se déroule comme une longue chaîne, et dont les poésies détachées sont autant d'anneaux, une grande question, long-temps méditée et tous les jours rejetée à la surface du monde, est accourue se placer sous ma plume : — que devient le poète dans la famille et dans la nation?

Cette question n'est pas neuve : — elle fut posée et débattue par des hommes, dont la puissante voix eut un long retentissement : — ceux-ci sont les sentinelles placées sur la montagne; leur vue franchit les étendues permises au génie; elle plonge d'un bout dans notre présent, qui pour eux est le passé, de l'autre dans l'avenir; de ce côté, Dieu seul lui forme un horison! — De temps à autre nous les voyons vaciller comme une petite voile, et nous les entendons signaler les uns un naufrage, les autres un port! Mais

sur mille qui les entendent, combien de cent mille ne
les entendent pas : alors nous qui cheminons dans la
plaine, ou qui gravitons péniblement au versant de
la montagne, soyons l'écho de leur grande voix;
répétons les cris d'alarmes et les cris d'espérances! —Quand un incendie éclate, bénis sont tous les
bruits qui réveillent, tous les bras qui secourent. —
Quand les généraux d'un peuple triomphent au-delà
de la frontière, tous les messagers sont les bien-ve-
nus !

Partout à l'heure qu'il est la jeunesse souffre et
meurt; jamais à aucune époque elle ne fut plus mal-
traitée; la foule la méprise, l'homme la raille! —Cette
accusation n'est pas un mensonge; car les noms ne
me manqueraient pas, si je voulais donner mille
preuves à l'appui de ce que j'avance, si je voulais mar-
quer du doigt toutes les souffrances qui passent sous
mes yeux, toutes les morts soudaines et inconnues :

—mais croirait-on à ma parole, sans armes et nue comme la vérité, lorsque des hommes, maîtres d'une tribune, des hommes dont la voix a du crédit dans le monde, des journalistes enfin mentent chaque jour à leur noble mission en me donnant un démenti! — Ecoutez-les parler de Stello! Ecoutez-les parler de Chatterton! — Il est vrai, disent-ils, que Malfilâtre est mort de misère, que Gilbert est mort sur le lit de la Charité, qu'André Chénier est mort sur l'échafaud, que Chatterton est mort de suicide : tout cela est vrai; mais ces temps sont passés! —

Oui ces temps sont passés; mais qu'en est-il résulté? Le poète dans la famille en souffre-t-il moins? Le poète dans la nation en est-il moins méprisé? Toute la jeunesse enfin en est-elle moins écrasée? — Non, trois fois non!

Asseyez-vous au foyer de cette famille : —quatre personnes sont devant le feu, sans parler et sans lever les yeux ; au dehors le vent d'hiver, la neige et le froid ; au dedans la tristesse et l'abattement. On devine qu'il est passé là un de ces orages, qui ne franchissent jamais le seuil de la porte ; une de ces grandes douleurs qu'on enterre sous les cendres du foyer ! — Cet homme, haut de taille, large d'épaules, les cheveux un peu grisonnants, c'est le père : il se promène lentement à travers la chambre, les bras croisés derrière le dos, et parfois s'arrête à considérer sous le manteau de la cheminée un tout jeune homme, à peine sorti de l'enfance. — Ce jeune homme, c'est le fils : plutôt accroupi qu'assis sur une chaise, les coudes sur les genoux, le front dans les mains, il étouffe quelques sanglots. — En face c'est la mère : la mère, dont l'avarice a desséché le visage ; la mère qui devrait pleurer, et qui regarde son fils d'un œil sec et dur ; la mère qui doit être sur la terre pour la famille, ce qu'est au ciel la vierge Marie pour l'humanité; — à côté d'elle la sœur, immobile et froide comme un marbre, travaille, la tête baissée! — Que pensez-vous de ce tableau de famille? N'allez pas croire que l'imagination du poète y soit pour quelque chose; car plus d'une fois peut-être ce tableau s'est reproduit sous votre toit. Il est maintenant dans la vie réelle de ces accidens qui se poétisent d'eux-mêmes, croyez-moi! Bien souvent aussi le poète n'est qu'un traducteur fidèle de ce qu'il voit, de ce que les autres éprouvent : écoutez-le donc! — Il vous dira que le père est un honnête commerçant, possesseur d'une petite fortune amassée à la sueur de son front, et qu'il veut léguer commerce et fortune à son fils; il vous dira que, si le fils refuse, le père l'abandonne, et le retranche de la famille, comme on retranche une branche parasite, comme on coupe un arbre mort; il vous dira que la mère reproche à son enfant les sommes d'argent dépensées pour son éducation, et que, s'il ne veut en profiter en se mettant à la tête de l'établissement, il n'a plus de pain à la table, plus de place au foyer; il vous dira que la sœur est une femme morte, et qui voit avec indifférence tuer un avenir; il vous dira enfin que le fils est poète, qu'il a lutté long-temps contre le démon de la poésie, tenté le suicide moral par les calculs d'arithmétique et la vie de spéculateur, voulu se dévouer à sa famille, mais qu'il a succombé dans la lutte, et qu'il marche insensiblemeut vers le suicide physique; il vous dira même que le fils a tort et la famille raison! — Mais il pleurera en pensant à tout ce que ce pauvre enfant a souffert, souffre encore, et souffrira plus tard; en pensant que toutes les joies du foyer paternel lui sont interdites, que tous les cœurs animés par le même sang que le sien lui sont fermés à jamais! — Il pleurera en pensant que personne ne lui tend la main, n'a deviné son dévouement, n'a pressenti l'in-

capacité de sa nature, et ne compatit à ses peines !—
Il pleurera en pensant à cette amitié de famille, amitié grossière et pesante, qu'on lui donne avec condi-
tions, comme un morceau de pain noir! — Puis il
vous dira que cet enfant a décidé de quitter la maison paternelle, de chercher gloire et bonheur sous
un autre ciel, et qu'il se nomme Ymbert Gallois (1)!
— Ou plutôt il vous laissera lui donner un nom
connu de vous seul ! — Pour cela, rappelez-vous un
de ces orages qui ne franchissent jamais le seuil de
la porte, une de ces grandes douleurs, qu'on enterre
sous les cendres du foyer! Cherchez dans vos souvenirs de la veille! — Car, nous le répétons, tout ceci

---

(1) Jacques Ymbert Gallois, de Genève, arriva à Paris le 27 octobre 1827,
et mourut de misère et de désespoir au mois d'octobre 1828, dans la
maison du docteur Dubois ! — Ses amis ont publié de lui un recueil de
poésies.

est de la vie réelle et positive ; tout ceci, vous l'avez-vu vous-mêmes ! —

Et maintenant, pénétrez dans cette mansarde : — Un lit, quelques chaises cassées, quelques livres épars sur une mauvaise table, quelques tableaux sans cadres, pendus à la muraille nue : — la voilà toute entière : un jeune homme y est seul et debout ; car il vient de renvoyer sa vieille mère brisée par les ans et le chagrin, sa jeune sœur, pauvre ange à peine descendu du ciel, et jeté tout-à-coup au milieu des misères de la terre ! — Jusqu'à ce jour il a pu les nourrir avec le travail de sa tête, avec l'analyse de son cœur et de son ame ; il a travaillé péniblement, il est vrai ; qu'importe ! il a gagné du pain, et vécu libre et probe ; son œil est pur, son front ridé, sa conscience calme, son visage pâle : pourtant il a vingt ans à peine ! — C'est que tout-à-coup l'heure est venue pour lui, où le travail cesse, où le pain manque, où la famine approche, où le déshonneur tente, où le désespoir remplit la tête des images de la mort, le cœur et l'ame de mauvaises pensées ! — Que fera-t-il?

— Sa vieille mère a faim ; sa jeune sœur a faim ; lui-même a faim : tous trois ils jeûnent ; et depuis quelques années lui, l'abandonné, il n'a pas cessé de frapper à toutes les portes ! — Mais inutilement !— Depuis quelques années, il a passé ses jours en recherches, ses nuits en veilles : des hommes, ennuyés de ses sollicitations, lui ont jeté, comme on jette un os à un chien, de pitoyables articles pour des journaux plus pitoyables encore : avec cela il a vécu; avec cela il a pu méditer et exécuter un grand travail! — Hélas ! aujourd'hui qu'il tient son monde dans sa main, qu'il a réalisé son beau rêve de gloire, qu'il touche au bonheur; le bonheur lui échappe, son beau rêve s'évanouit, son monde s'écroule!

— Ainsi donc il n'est parvenu qu'à prolonger son

agonie ; car il est ramené brusquement à son point
de départ. — La misère ! — ou plutôt il ne lit que
ce mot aux deux bouts de la vie, au berceau et à la
tombe ! — La misère derrière lui, la misère devant
lui ! — Et pourtant il a là de quoi vivre heureux et
plein de gloire, de quoi nourrir sa mère, de quoi ma-
rier sa sœur, de quoi embellir ces deux existences,
dont l'une s'achèvera dans les larmes, dont l'autre a
commencé si tristement, et finira peut-être dans la
honte ! — Supplice de Tantale ! — Voir la félicité à
quelques pas de sa main, à travers le corps sec et matériel de la société, et ne pouvoir la saisir ! — Que fera-t-il ? — Que fera-t-il ? — Ecoutez... pendant qu'il
est rongé par sa pensée, torturé par le désespoir,
qu'il voit passer dans le fond de sa mansarde la tête
amaigrie de sa mère, la figure déflorée de sa sœur, les
images les plus séduisantes, ses rêves d'autre fois, ses
désenchantemens d'aujourd'hui, et par-dessus la face

sombre et austère du suicide: pendant qu'il est là, comme l'oiseau fasciné par les yeux du serpent.... Écoutez.... à quelques pas de ce drame réel, où un homme lutte réellement contre la société, une partie de cette société, entassée sur les bancs, dans les loges, aux galeries de la comédie française, pleure ou rit à la première représentation de Chatterton!—Et, si Dieu l'avait permis, à l'instant où l'acteur se suicidait fictivement sur les planches, on aurait entendu les derniers soupirs d'un agonisant dans la mansarde, et assisté au dénouement affreux de ce drame, qu'on peut appeler Émile Reulan.

Et vous, qui le lendemain avez effacé par vos sophismes d'hommes heureux, et vos raisonnemens glacés, la douce impression que le drame Chatterton avait éveillée dans les cœurs, vous qui avez nié la souffrance du poète dans la famille et dans la nation, que pensez-vous du démenti sanglant porté par le

poëte de la mansarde?—Les temps sont-ils changés?
—Ymbert Gallois n'est-il pas Gilbert? n'est-il pas André Chénier?—Et Émile Reulan, ce frère des poètes
et des anges, dont vous avez à peine constaté le martyre, n'est-il pas en même tems Chatterton, Gilbert,
André Chénier et Malfilâtre? Toutes ces souffrances ne
sont-elles pas suspendues à cette croix? Il mourut de
misère! — Il but jusqu'à la dernière goutte du calice!—

Les temps sont changés; — c'est-à-dire qu'à l'indifférence des âges antérieurs, a succédé l'égoïsme de
notre âge : autrefois on versait peut-être une larme
sur la tombe du mort, aujourd'hui on se contente de
dire : — c'était un être inutile! — Maintenant enfin
le poète n'a pas la tête tranchée sur un échafaud; il
n'attend pas la mort sur le lit de la Charité : — mais
il se tue! Et toutes les fois que nous-mêmes nous
n'avons pas voulu reconnaître dans les nombreux

suicides de notre époque la main de la société, nous avons cru y reconnaître le bras de Dieu! — On dirait en effet qu'il retire du monde si corrompu, si égoïste, tout ce qui contient un germe d'amour et de génie sur la terre, qu'il prépare un grand châtiment, et, qu'avant de sévir, il choisit ses élus parmi les humains, comme autrefois il envoya les anges avertir Loth et ses deux filles, de quitter Sodôme, la ville maudite! — Idée étrange! — Le suicide nous paraît à cette heure l'ange descendu du ciel pour retirer les bons de la cité des hommes! Oh! mon Dieu, éloignez de moi cette pensée de désespoir, ce calice plein d'amertume! — Faites que je me trompe! —

— Vous, gens qui regardez au coin du feu votre vie s'écouler tranquillement et sans secousse morale, vous ne croyez pas à ces douleurs grandes et exceptionnelles; vous traitez d'insensés et de fous, au lieu de les admirer, tous ces désirs vagues et impétueux d'une ame de poète; sans les plaindre, vous condamnez nos fréquens suicides! — Soit : tant que vous chercherez dans votre nature une cause à ces malheurs; tant que vous vous entêterez à voir de la folie où vous devriez voir du raisonnement! — Condamnez Ymbert Gallois, qui poursuivit un rêve pendant deux années, et qui mourut en route! — Nous le voulons encore, bien que nous en soyons affligés! — Mais quand les douleurs de l'ame sont enfantées par les souffrances du corps! — Quand, en remontant à la source de ces deux souffrances, vous rencontrez la faim! — Vous devez comprendre ceci : et alors avez-vous pensé que le sacrifice le plus modique arrêterait le cours de ces calamités! vous payez des musiciens pour vos bals et pour vos joies : pourquoi ne payeriez-vous pas vos poètes! — Ils vous délasseraient des plaisirs et des vanités, en vous rappelant quelquefois les choses du ciel et les choses de la terre.

Après avoir joui de l'harmonie des notes et des sons, pourquoi ne pas jouir de l'harmonie des mots et des pensées! Lorsque vous avez épuisé les jouissances matérielles, vous devez, en vérité, sentir bien du vide encore dans votre ame et votre cœur. La poésie, qu'on nomma jadis le langage des dieux, ne saurait-elle pas combler tout ce vide! — Si vous ne voulez pas admirer l'enfant poète, ayez pitié, ayez mépris même de sa nullité dans les affaires commerciales, de son incapacité à gagner son pain; sous un prétexte quelconque jetez-lui l'aumône; mais ne choquez pas sa fierté; ayez douce pitié, douces prévenances! — Est-ce sa faute à lui, s'il ne sait et ne peut que chanter? — Qu'il prenne, dites-vous, dans la vie réelle une carrière positive et productive! — Mais le peut-il! — Encore une fois, il ne sait que chanter! — Il est comme l'oiseau : à celui-ci Dieu a donné, pour se nourrir, les grains de blé oubliés dans le champ; pour se reposer le rameau de chêne et le buisson! — Pour celui-là, il a créé la charité et l'amour, votre ame et votre cœur, deux branches sur lesquelles il s'arrête pour chanter, et qu'il agite délicieusement!

Un jour de triste pensée, nous nous disions, en regardant autour de nous!—Où donc est l'homme de la jeunesse?—Quelle belle mission pourtant!—Quelles douces espérances, quelles consolations plus douces encore, il offrirait à ces jeunes hommes, qui meurent de faim à Paris, ou sont poussés au suicide par le mépris dont on les couvre; par la misère dans laquelle on les abandonne! Cet homme recueillerait le produit de leur pensée souffrante! — Cet homme serait leur défenseur et leur tribune!—Qui donc consolera le souffrant? qui balancera une palme sur la tête du moribond, et fera luire au-dessus de nos fronts un rayon d'immortalité? quand viendra ce messie? O vous, sentinelles au haut de la montagne,

ne voyez-vous pas venir cette arche de salut? Faut-il,
comme les trois mages partir chargés de présens pour
les déposer aux pieds de ce nouveau Jésus? — Nous
avons crié vers vous, Seigneur, écoutez notre prière!
— L'étoile d'espérance se levera-t-elle enfin! Oh! espérons que ce messie des poètes apparaîtra bientôt.... Travaillez, jeunes gens! une main puissante
vous soutiendra, un œil inquiet et paternel veillera
sur vous! Espérons. L'espérance est si belle à vingt
ans!

Qu'on me pardonne de m'être étendu si longue-
ment sur les douleurs du poète! c'est que mon cœur
était plein, et qu'il avait besoin de s'épancher. Maintenant que la plaie est mise à nu, cherchons s'il n'est
pas de remède possible :

Le poète souffre-t-il ou ne souffre-t-il pas dans la
famille? est-il ou n'est-il pas méprisé dans la nation?
—En déchirant le voile, que l'indifférence étend sur

nos yeux, ne pourrions-nous pas apercevoir les preuves de cette souffrance, les preuves de ce mépris ? Si
l'esprit de charité et d'amour, qui constitue la fra-
ternité, nous animait, et réunissait en faisceau toutes
les têtes de l'humanité éparses dans la vie, comme
les palmiers dans le désert, nos yeux ne s'ouvri-
raient-ils pas de suite à l'aspect des modestes infortu-
nes, nos oreilles à l'explosion des pistolets, nos cœurs
à la compassion, nos ames à l'enthousiasme ? — Par
exemple... dans une famille, placée juste au-dessus
des servitudes matérielles, tranquille sur l'avenir,
pourvue de pain pour les deux générations du père
et des enfans, serait-ce un grand fardeau qu'un être
inutile comme le poète ? ne pourrait-on pas lui faire
le sacrifice d'une place au foyer, d'une place à la table ? ne pourrait-on pas lui sourire quelquefois, le
consoler chacun à sa manière ? Les consolations les
plus banales calment bien des orages intérieurs,

quand la voix est douce et compatissante! — Si la famille est pauvre et misérable, la nation qui a bâti un Panthéon pour des cadavres, ne bâtira-t-elle jamais un Panthéon pour des vivans, dont elle se dissimule la grandeur et l'utilité? Depuis des mille ans qu'on laisse et qu'on voit mourir dans la misère les possédés de la poésie; depuis des mille ans qu'on les couronne, comme autant d'Inès de Castro, après leur mort, qu'on couvre leurs tombeaux d'immortelles, qu'on s'appitoye jusqu'aux larmes sur la tristesse de leur vie, qu'on les admire à tort et à travers, ne pourrait-on pas, instruit par cette expérience et les regrets des siècles passés, sinon les couronner pendant leur vie, du moins les attacher à la terre, en les entourant d'amour et d'amitié? Les poètes ne sont-ils plus les fils de Dieu? la patrie n'est-elle plus leur mère? Marie abandonna-t-elle l'enfant Jésus? Quand il fut crucifié, n'était-elle pas aux pieds de la croix, la Vierge mère, suppliant les bourreaux, suppliant le peuple, suppliant le ciel, suppliant la terre? N'était-elle pas là, versant des torrens de larmes sur chaque goutte de sang qui tombait des pieds, des mains, de la poitrine, de la tête du Dieu fait homme? — Hélas! la patrie, notre mère à tous, notre Vierge-Marie, serait-elle remontée aux cieux avec ses enfans prédestinés, avec ses martyrs, qu'on ne la voit plus auprès des bûchers et des croix de notre siècle? — L'amour et le génie sont-ils à jamais jetés au scalpel de ces carabins de l'ame, qu'on nomme journalistes? Et ces hommes qui trafiquent du sang, ne penseront-ils jamais qu'il est juste de défendre le faible contre le fort, que la douleur ne veut être ni raisonnée, ni justifiée, mais calmée par la sympathie et la compassion? Et toi, monde, as-tu songé un instant à la vie de sacrifice qui reste à l'homme de pensée, quand, sorti victorieux de l'assaut que tu donnas à sa jeunesse, il se

dresse de toute la hauteur de sa virilité! — Toujours
il est poursuivi par cette pensée, qui livre un combat incessant à son repos! Dans lui, cette domina-
tion flétrit tout, excepté la tête qu'elle fait plus ma-
jestueuse! son corps s'épuise; son ame s'exile; il ne
chante plus que de souvenir; et lui, à peine il s'en
aperçoit, tant il est occupé à suivre le vol hardi de
sa pensée! — Il a dit adieu à toutes les jouissances
de la vie matérielle, comme à toutes les douceurs de
l'extase et de la contemplation; il s'est fait homme;
il a changé son nom de Jésus pour celui de Christ:
Cependant, en dépit de ce dévouement, il vit inconnu de ceux-ci, aimé de quelques-uns, bafoué
par la multitude! O monde, qui amasses, sans même
y prendre garde, tant d'orages sur sa vie, qui la
tues au milieu de sa carrière, tu n'as donc jamais
songé combien elle est déjà pour lui naturellement
orageuse, naturellement courte? — Que de grandes

et belles choses perdues, quand il meurt! songe à cet homme, dont la tête est pleine à déborder, et que tu jettes au tombeau! songe à ce qu'il doit souffrir!

Et maintenant que j'ai parlé de tous, qu'on me permette de parler un peu de moi. Ce livre est mon premier pas dans la route qu'on est convenu d'appeler carrière littéraire : aux lecteurs je dirai d'y voir, non pas les caprices d'une jeune imagination, mais un drame, mais un roman en vers, où se retrouvent toutes les phases d'une vie de jeune homme dans le monde jusqu'à la virilité de son ame. Aux philosophes à juger la pensée de ce poème, aux critiques à le décomposer, à débattre la question de forme et de style, que je craindrais d'aborder moi-même. — J'ai senti, j'ai pensé, j'ai écrit, et quand il fallut baptiser le nouveau-né, je me suis dit : « J'ai chanté avec « mon ame et mon cœur; mais tous deux jetés au-

« trefois en face de la société, ont réfléchi, comme
« un miroir, ses sourires et ses rides ; tous deux ont
« répété, comme un écho, ses clameurs innombra-
« bles et confuses ; tous deux ont flotté avec elle
« de la prière au blasphême, de l'espérance au dé-
« sespoir, de la joie à la douleur ; dès-lors, ce livre
« est l'enfant du monde et de mon ame : qu'il prenne
« donc le nom de son père, — *Les Voix du Siècle,* —
« et qu'il retourne auprès de lui ! sa mère l'a gardé
« assez long-temps ; elle lui donne le baiser d'adieu ! »
Hélas ! je le vois partir, et je suis triste ; il faut bien
l'avouer, je débute avec crainte et découragement ;
— je pense, en effet, à l'indifférence et au dédain du
siècle ! Sur quoi m'appuierai-je pour marcher ? sur
le passé ? — mais le passé est une poussière que le
vent balaye au hasard, un sable où personne ne peut
bâtir ! — Sur le présent ? — Mais le présent pour
nous autres jeunes gens — est nul et fatal ! Alors, —

comme tant d'autres, j'adopte sur l'océan des hommes, pour phare, l'étoile de l'avenir; pour boussole ma conscience : Deux choses inconnues, indistinctes, impalpables comme le rêve! — Qu'importe! croyons et ne doutons pas; maintenant il faut agir et non rêver!..

C'est donc sur l'avenir que je me repose; et telle croyance de l'homme a ranimé dans mon cœur les deux croyances de l'enfant : — L'amour et la religion. — Car toutes trois, compagnes inséparables à travers le désert de la vie, forment cette grande trinité indissoluble, qui doit se symboliser dans le poète sur la terre, comme elle se symbolise au ciel dans Dieu le père! — En vain, le siècle nous crie aux oreilles : — Comment pouvez-vous croire à l'amour et à la foi, lorsque les autels de ces deux divinités sont brisés, et que la débauche et le scepticisme se vautrent sur leurs débris? — Moi, je crierai aux jeunes gens : —

Pour fortifier vos croyances, n'avez-vous pas le rêve dans votre sommeil? Après la terre, n'avez-vous pas le ciel sur votre tête? Pendant vos nuits une vie étrangère à celle du jour, une vie, pour ainsi dire, spiritualisée, échauffe votre esprit et votre ame! la vue alors, a plus de perspicacité, l'esprit plus de justesse, l'ame plus d'intuition, la pensée plus d'indépendance; car rien n'arrête leur élan! — Or, comme le rêve de vos nuits, à vous, qui devez être simples de cœur, chastes d'ame, inaccessibles aux séductions de la terre, cuirassés contre ses doutes, sourds à ses athéismes, vous montre l'amour dans toute sa candeur et sa volupté primitives, Dieu dans toute sa clémence et sa justice, l'idéal dans sa forme chaste et sensible, le ciel dans sa majesté et sa splendeur; — comme le rêve vous explique ces deux mots, dont les hommes ont voulu faire, à toute force, deux énigmes; non seulement il vous faut croire à l'amour et à la foi dans le ciel, mais encore à leur retour sur la terre, si elles en ont été exilées! — et la plus grande preuve de leur existence, c'est que nous les avons vues en rêve! — Pour croire, une partie des hommes regrette le temps des miracles! On n'en voit plus, dit-elle, et de là, elle conclut que la foi est morte, que Dieu n'est pas! Etrange erreur de l'esprit humain! Ouvrez les yeux, et vous verrez s'accomplir les miracles les plus étonnans; prêtez l'oreille, et vous entendrez les lamentations de plus d'un Jérémie, la voix de plus d'un Saint-Jean dans le désert; faites un pas, et vous marchez sur un prodige! — N'est-ce pas, en effet, une chose inouïe, que ces bouleversemens de trônes, que ces changemens de dynasties, que ces tremblemens de plusieurs mondes, que ces grands crimes invraisemblables, tant ils sont exceptionnels? N'est-ce pas miraculeux d'entendre toutes ces voix d'une nouvelle génération, qui

s'élèvent au-dessus du fracas universel, qui domi-
nent le cri puissant de la ruine, et que ta voix, ô génération accroupie au bord de la tombe, que ta voix,
plus faible pourtant, étouffe et couvre de toutes
parts! Cela est étrange, mais cela est! — Le vieux
siècle tue le jeune; le père tue le fils! Alors, nous
autres enfans opprimés, attendons que Dieu sur-
vienne! au milieu des veilles et des travaux de l'intel-
ligence, ciselons la statue de notre génération! L'a-
venir la placera sur son piédestal! — Travaillons!

A Ferdinand Dugué.

I.

Un jour que je sondais mon ame désolée,
J'ai dit : « Mon cœur est triste et ma vie est troublée ;
« Ma tête chaque jour se penche un peu plus bas ;
« Mon jeune front se ride, et tout mon corps se voûte ;
« Et mon œil abaissé n'aperçoit plus la route

    « Qui s'allonge devant mes pas !

« Je marche à tout hasard, et je pense de même :

« Ainsi que l'orphelin, je ne vois pas qui m'aime

« D'amour ou d'amitié ! — Plus d'avenir ! — Et puis

« Malheur, malheur sur moi ! — Ma jeunesse se fane ;

« Et ma famille en deuil est là qui me condamne,

« De la jeter moi-même au gouffre des ennuis !

« Mon père est bien vieilli ;—ma mère souffre et pleure ;

« — Ce n'est à mon foyer qu'une plainte à toute heure,

« Qu'un long gémissement, qu'un présage de mort !

« Et moi, qui de leur porte ai renvoyé la joie,

« J'écoute, sans parler, leurs reproches, en proie

« Que je suis au tardif remord !

« Et certe ils ont raison ; — ils avaient droit d'attendre

« Tout ce que l'amitié peut donner de plus tendre :

« Un dévouement sans borne, un cœur aimable et doux !

« Mais ils n'ont rien reçu ! — Mon Dieu, que ta justice

« Dans toute sa rigueur sur moi s'appesantisse ;

« Car, si tout m'a trompé, je les ai trompés tous !

« Pourquoi donc, ô mon Dieu, m'avoir jeté dans l'ame

« Ces rêves du poète, et cette ardente flamme,

« Qui devaient éveiller tant d'impuissans désirs?

« Pourquoi ne pas avoir tué, dès sa naissance,

« La vaste ambition de gloire et de puissance,

    « Qui m'obsédait dans les plaisirs?

« Personne auprès de moi pour soutenir ma tête,

« Et de mon pauvre cœur apaiser la tempête?

« A vivre seul ainsi, que vais-je devenir!

« Sans doute le malheur finira ce mystère;

« Car rien ne m'a laissé sur cette pauvre terre,

« Pour avoir du courage, un heureux souvenir!

« De là des jours affreux et des nuits d'insomnie,

« D'où la belle espérance est à jamais bannie;

« De là le désespoir; — de là des chants de deuil;

« Et de là cette vie errante et solitaire,

« Problème irrésolu, désespérant mystère,

    « Où je vais d'écueil en écueil!

II.

— Soudain je me sentis grandi de six coudées;
Car l'orgeuil s'empara de toutes mes idées! —

« — Eh! qu'importe, ais-je dit, si, pour avoir souffert,
« Mon ame est éplorée et mon cœur est désert!
« Dans moi tout est débris, comme après l'incendie;
« Mais il me reste encore ma tête et mon orgueil!
« Mon cœur, plus de sanglots! — Mon ame plus de deuil!
« Et laissez-moi marcher! — Ma course est agrandie!

« L'orgueil donne la force à tout désespéré,
« La tête, la pensée à l'homme désœuvré;
« Si l'heure des amours pour mon ame est passée,
« Si mon présent est nul comme mon avenir,
« Et si je n'ai pas même un triste souvenir,
« Je vivrai seul avec ma tête et ma pensée. »

III.

Alors tout se sécha; — tout bientôt dépérit;

Mon cœur fut sans chaleur, et mon ame souffrit;

Alors je méditai, dans le silence et l'ombre,

Une hymne de douleur bien terrible et bien sombre;

Je couvai le néant! — Mais toi, l'homme inspiré,

Qui me voyais de loin, et qui versais des larmes,

En attendant un jour pour calmer mes alarmes,

    Tu me chantas ce chant sacré!

« Frère, quand je sentis la sainte poésie

« A travers mon cerveau jeter sa fantaisine;

« Quand je la vis parer mes songes de ses fleurs,

« Étendre à l'horizon son arche d'aillance,

« Et dans mon avenir, arc-en-ciel d'espérance,

« Déployer son écharpe aux brillantes couleurs;

« J'écoutai, tout joyeux, comme une jeune femme

« A son premier enfant, les rêves de mon ame ;

« Et je me dis alors : — Le poète est un roi,

« Le poète est un ange envoyé sur la terre,

« Pour révéler du ciel le sublime mystère,

 « Et pour chanter la foi !

« Or je veux m'éloigner de ces routes battues,

« Où tous ont égaré leurs ames abattues !

« Oui, je veux annoncer pour le siècle à venir

« Cet homme qui sera son christ et son messie,

« Dans la ville, au désert, jeter ma prophétie,

« Et tourner tous les yeux vers un bel avenir !

« Assez d'autres, sans moi, n'ont vu dans cette vie

« Qu'un triste jeu du ciel, qu'une amère ironie,

« Qu'un néant ; — et pareils aux grands oiseaux de nuit,

« N'ont poussé parmi nous que des accents funèbres,

« Et n'ont pas aperçu, derrière les ténèbres,

 « L'étoile qui reluit !

« Moi, le Seigneur m'a dit : —qui marche dans ma voie

« Trouvera sous ses pieds le bonheur et la joie,

« Et verra sa moisson grandir et prospérer !

« Hommé faible, ici bas qu'une folle prudence

« Force à l'inaction, crois à la providence

« D'un Dieu puissant et fort que tu dois adorer !

« Marche... marche... les yeux fixés sur ton étoile,

« Comme le naufragé sur Dieu, la seule voile,

« Qui paraît et blanchit sous un ciel irrité ! —

« Marche... marche... répands ton ardente parole ;

« Suis partout, en prêchant, l'ange, dont l'auréole

    « Guide à l'éternité ! »

IV.

Donner, donner au pauvre abattu sur la pierre,

Et relever son front tombé dans la poussière

    Par un mot de douce pitié ;

Vêtir son corps tout nu, que le froid tue et glace ;

A la chaleur du feu lui garder une place,

    Une place dans l'amitié ! —

C'est bien ! — C'est ce qu'ici tout homme bon doit faire ;
C'est aux plus riches dons celui que Dieu préfère !

   — Mais dans ce pauvre abandonné

Chercher avec bonheur, chercher s'il vit une ame,
Si le rayon sacré la réchauffe à sa flamme,

   Rayon que le ciel a donné ! —

Ami, c'est mieux encore ! — Et quand on l'a trouvée,
Cette sublime sœur, que notre ame a rêvée,

   La consoler, l'encourager ;

Prendre une part aussi dans les peines amères,
Que lui laissa l'exil de rêves éphémères,

   Et puis l'arracher au danger.

A ce danger terrible, étendu sur la route
Par cet être inconnu, que nous nommons le doute :

   Le doute, dont le char de feu,

Quand il vient à passer près d'une ame épuisée,
Brûle comme l'éclair sous la nue embrâsée ;

   — Ceci c'est l'ouvrage d'un Dieu ! —

Ami, je suis ton œuvre, et je m'en glorifie !

Pour toi, que devant tous l'amitié déifie,

J'ai voulu bâtir un autel !

Là, j'irai chaque jour t'adresser ma prière,

Seul prêtre, agenouillé devant le sanctuaire

Où tu seras mon éternel !

Je veux, moi qui n'ai pas de famille sur terre,

Être pour toi l'enfant qui retourne à sa mère,

L'abeille à sa ruche de miel,

L'exilé qui revient toujours à sa patrie,

L'homme à l'autel, où seul il s'agenouille et prie,

Et l'ame qui remonte au ciel !

Novembre 1835.

LES VOIX

DU SIÈCLE.

—

LIVRE PREMIER.

I.

L'ANGE ET L'ENFANT.

L'ANGE.

Que ta figure est belle et que ta robe est blanche !
Enfant, il en est temps ! — au monde dis adieu !
Comme au matin l'oiseau s'enfuit loin de la branche,
Quitte la terre, et vite envole-toi vers Dieu !

Il est temps de partir, puisque ton ame est pure ;
Que les soleils pour toi sont tous éblouissans ;
Puisque le noir remords, de son haleine impure,
      N'a pas terni tes jeunes ans !

L'ENFANT.

Pourquoi jeter ainsi le trouble dans mon ame,
Ami, dont le visage est si pâle et si beau?
Lorsque je suis content, lorsque tout me réclame
Sur la terre, pourquoi me parler du tombeau?

Regarde..... à l'horizon le soleil qui se lève
Ne se montra jamais si splendide à mes yeux!
Regarde..... ses rayons diamantent la grève
    De mille rubis radieux!

Et toi... Que pourrais-tu me donner en échange?
Au pays où tu vas, il n'est rien de pareil!
Ton front est si rêveur, que tu n'es pas cet ange,
Avec deux ailes d'or, qui garde mon sommeil!

Ici, je n'ai d'amour que pour la poésie;
Je lis ce nom divin écrit sur chaque fleur;
Mon ame par le deuil ne fut jamais saisie!
    Il n'est pas pour moi de douleur!

Quoi... lorsque, pour rester, je n'ai qu'à peine une heure,
Sans la vivre, il me faut au monde dire adieu!...
Lorsque je suis heureux, il faut donc que je meure ;...
Je suis trop jeune encor, n'est-ce pas, ô mon Dieu?

L'ANGE.

Oh! tu ne sais donc pas ce que c'est que la vie,
Pauvre et crédule enfant!.... sans connaître où tu vas,
Tu marches devant toi!.... Toute joie est suivie
    De bien des larmes ici bas!

Partons.... sans regretter cette joie éphémère,
Sans jeter en arrière un regard attristé,
Sans attendre le jour, où l'on maudit sa mère,
Où l'on blasphême Dieu dans son éternité.

Partons.... je te promets des choses bien plus belles!
Mon vol sera plus prompt que celui de l'oiseau!
Tu passeras dans l'air, à l'abri sous mes ailes,
    Aussi bien que dans ton berceau!

4

Partons.... tout est mystère et grandeur où nous sommes!
Dieu te garde une place auprès de Gabriel!
Partons.... pour l'Éternel c'est repousser les hommes!
C'est mourir à la terre, et naître pour le ciel!

Il dit : — Et balancé, comme une voile blanche,
Au-dessus de l'enfant incertain, il se penche,
Lui sourit tristement, et lui montre les cieux !
— Mais il partit tout seul, et l'enfant de la terre
Avec un front de marbre, immobile et sévère,
Jusqu'aux portes du ciel suivit l'ange des yeux !

II.

PENSÉES DE LA NUIT.

POÈME.

A Magdeleine.

I.

Amie, il est donc vrai, que vos jeunes années,
Sans un jour de bonheur, se sont toutes fanées,
Que vous marchez toujours sans pouvoir revenir
Sur vos pas, sans pouvoir compter sur l'avenir!
Pour vous, que le chagrin vers le cercueil emporte,
Le passé n'est que deuil, et l'espérance est morte!

Oh! ne rien posséder!.. rien... pas même la foi!
Et ne voir que débris épars autour de soi!

Oui... Dieu le veut ainsi : — Sur cette aride terre,
Il laisse quelquefois, pour vivre solitaire,
Une ame, dont le monde a brisé les ressorts,
Et que la poésie inonde jusqu'aux bords!
Puis cette ame souffrante, et de tous ignorée,
S'use par la douleur lentement dévorée,
Jusqu'au moment suprême, où, fuyant tous les yeux,
Elle rompt ses liens, et se perd dans les cieux!

Vos vingt ans ont passé sans plaisirs et sans charmes!
Et vous errez toujours dans le vallon des larmes,
Cherchant un pélerin, dont le cœur ait souffert,
Un homme, comme vous, perdu dans le désert!
Et vous m'avez trouvé caché sous les épines,
Comme une fleur tombée au milieu des ruines;

Et vous êtes venue, au-devant de ma main,
Douce comme un bon ange; — et pendant le chemin,
Vous m'avez raconté, comment en apparence,
Une ame peut cacher au monde sa souffrance,

Sous un rire menteur étouffer un soupir,

Sans demander à Dieu le bonheur de mourir!

Et moi, qu'avait courbé le vent d'un faible orage,

Qui croyais dans la lutte avoir eu du courage,

Je me pris en pitié devant tant de douleurs,

Et j'ai rougi d'avoir déjà versé des pleurs!

Vous avez tant souffert, que je voudrais, amie,

Sur le fleuve des ans, vous bercer endormie!

— Je voudrais être un ange, et savoir vous parler,

Pour venir ici bas, la nuit, vous consoler!

— Je voudrais être Dieu!... Détachés de mon trône,

Mes anges vous mettraient au front une couronne,

Et, par leurs chants divins, apaisant votre cœur,

Au milieu de mon ciel vous porteraient en chœur!

— Si vous cherchiez encore un amour, jeune femme,

Je voudrais aussitôt vous dévoiler mon ame,

Semer quelques beaux jours au-devant de mes pas,

Vivre seul avec vous!... Que ne voudrais-je pas?

Mais non... par le courant nos ames entraînées

A ne jamais s'unir ont été condamnées!

— Il le faut ! — Quand deux lys, vers la fin de la nuit,

Inclinés par le vent, qui doucement bruit,

Mêlent dans un baiser leurs tiges affaissées.

Et les tiennent ainsi l'une à l'autre enlacées,

Le soleil, au matin, sous ses rayons brûlans

Les redresse, et disjoint leurs fronts ouverts et blancs !

— Il le faut ! — Car le monde a besoin de victimes,

Et creuse entre nous deux de ténébreux abimes !

Car, ce qui serait bon est mauvais ici bas !

Telle est pourtant l'ornière où sont fixés nos pas !

Aussi je suis parti tout rempli de tristesse ;

Et depuis j'ai maudit bien souvent ma jeunesse !

Hélas ! si je ne dois jamais à mon foyer

Sur vos genoux tremblans dormir et m'appuyer,

Ni soutenir aussi votre tête lassée,

Je suis, autant que Dieu, maître de ma pensée !

A vous donc, Magdeleine, à vous seule ces pleurs

Et ces rêves ! — A vous mes premières douleurs !

Oui... puisque vous m'avez ouvert votre retraite,

Ma pensée est à vous ! — Je rends à qui me prête !

II.

Peut-être vous dormez auprès de votre mère,
Et votre esprit s'en va sur le riant chemin
Des rêves, pour cueillir une joie éphémère,
Qu'effeuillera bientôt le souffle du matin !

Peut-être le sommeil a fui votre paupière,
Et peut-être une larme a mouillé votre main,
En pensant au poète, appuyé sur la pierre,
Qui, pour vous contempler, attend le lendemain.

A cette heure paisible, où la cité sommeille,
Si vous pensiez à lui, pour égayer sa veille,
Et chasser de son front le sinistre bandeau.

Timide et souriant, aussi belle qu'un ange,
Posez sur vos cheveux la couronne d'orange,
Puis ouvrez doucement les franges du rideau !

III.

A cette heure, où je veille, à qui donc penses-tu ?
Ton cœur est-il joyeux, ou ton front abattu ?

I.

La nuit fraîchit mon front sous son aile glacée,
Et calme les frissons de ma chair insensée !
Ce soir, quand ta prière a volé vers les cieux,
Mon souvenir est-il passé devant tes yeux ?

Sur ton front inclinée, as-tu vu mon image
Partir avec tes vœux sur un même nuage ?
A celui qui dirais, que tu priais pour moi,
Je baiserais les pieds ; je répondrais : — « ô toi,
Qui suis d'un œil ami ma douleur solitaire,
Le Seigneur te bénisse au ciel et sur la terre ! »

A cette heure, où je veille, à qui donc penses-tu ?
Ton cœur est-il joyeux, ou ton front abattu ?

II.

Mon Dieu, si tu pouvais savoir, ô jeune femme,
L'amour que mes vingt ans font rêver dans mon ame,
Comme on est prompt alors à se désespérer,
A blasphêmer et croire, à sourire et pleurer....
Si tu pouvais savoir ma joie et ma tristesse,
Les rêves de bonheur, que mon esprit caresse,
Et puis ces visions, si terribles à voir,
La nuit, à mon chevet.... Si tu pouvais savoir
Ce qu'un premier amour invente de tortures
Capables de briser les ames les plus dures...

Tu dirais, n'est ce pas : — il est trop malheureux !

Puisqu'à porter la vie il nous faut être deux ,

Aimons le pauvre enfant qui gémit et blasphême ;

Donnons lui de l'amour ! — Aime moi ! — Car je t'aime !

A cette heure, où je prie, à qui donc penses-tu ?

Ton cœur est-il joyeux ou ton front abattu ?

III.

A qui donc penses-tu ? — toujours cette pensée,

Que je le veuille ou non, par ma plume est tracée !

Plus implacable aussi qu'une tache , un affront ,

Toujours elle revient sous ma main, dans mon front !

Toujours je la vois là, gracieuse ou terrible ,

Enfer ou ciel , tantôt sous la forme sensible

D'un rêve plein d'attraits , d'ivresse et de bonheur ,

Tantôt avec des cris de rage et de malheur ?

Hélas ! passer ainsi des nuits !.. Être la proie

Du doute... Aller toujours de la peine à la joie...

Passer les longues nuits de l'hiver , sans sommeil ,

Arroser son chevet de pleurs jusqu'au réveil !...

Mon Dieu, pour tant souffrir, aimer est-il un crime ?

Pourquoi devant l'amour ce ténébreux abîme

Où tombe le courage, où disparaît l'espoir ?

Oh ! quel démon maudit créa le désespoir ?

Quelle fatalité, depuis notre naissance,

Nous suit jusqu'à la tombe ? — Et par quelle vengeance

L'homme ici bas doit-il vivre, aimer et souffrir ?

Mon ame n'est-il donc destiné qu'à mourir,

Sans trouver un instant, pour cueillir sur la route

Une fleur échappée à l'haleine du doute ?

A cette heure, ou je doute, à qui donc penses-tu ?

Ton cœur est-il joyeux, ou ton front abattu ?

IV.

Oh ! si tu m'entendais, toi si douce et si bonne,

Mon Dieu, que dirais-tu ? — Jeune femme, pardonne,

Si dans le désespoir ma bouche a blasphémé !

Vois-tu, quand un enfant n'a pas encore aimé,

Qu'il n'a point essayé les forces de son ame,

Rien laissé de son aile à la divine flamme

De l'amour, cet enfant n'est qu'un enfant gâté !

Mais parmi ses rayons sitôt qu'il est jeté,

Il lui faut pour bénir le ciel, pour être sage,

Une femme qui l'aime, une ame qui partage

Ses plaisirs ou sa peine ! — Il lui faut un ami,

Qui le berce, le soir, sur son sein endormi ;

Un ami, simple et bon, dont la douce parole

Dans les crises d'amour l'exhorte et le console,

Qui lui dise à toute heure : — Espère en l'avenir ! —

Sinon il lui faudrait dormir, toujours dormir

D'un sommeil où l'amour verserait ses beaux rêves,

Ferait une oasis des plus stériles grèves,

De ce sommeil heureux, qui ferme le retour,

A notre esprit chagrin vers les peines du jour !...

Ou bien il lui faudrait enfin six pieds de terre,

Le froid dans le cercueil, et la paix sous la pierre...

A cette heure, où je meurs, à qui donc penses-tu ?

Ton cœur est-il joyeux, ou ton front abattu ?

V.

Dans ma tête il n'est donc que de tristes pensées
Par des gémissemens l'une à l'autre enlacées ?
N'aurai-je donc jamais un riant souvenir
Pour consoler mon cœur des malheurs à venir ?
Me faudra-t-il sécher, comme un arbre sans sève ?
Non... Non... Lis... Car je veux te raconter un rève :
Nous étions seuls alors ! — le vent passait sur nous
Plus caressant, plus frais, et l'air était plus doux,
Les parfums de la fleur plus embaumés, la lune
Plus rêveuse et plus blanche à travers la nuit brune,
Notre univers plus beau, le ciel plus étoilé !
Quand notre œil ébloui de pleurs était voilé,
Et que nous étions las d'un si riche spectacle,
Nos ames, descendant du sacré tabernacle,
Poursuivaient dans l'amour un souvenir des cieux,
Et joignaient leurs désirs, en passant par nos yeux ;
Alors nous commencions de muettes prières ;
Et les pleurs lentement tombaient de nos paupières!...

A cette heure, ou je rêve, à qui donc penses-tu ?
Ton cœur est-il joyeux ou ton front abattu ?

VI.

Quel bonheur de penser, que devant nous la terre
Fermait les yeux, ainsi que devant un mystère,
Que le ciel pouvait seul nous voir !... Oui, nous étions
Sur la montagne, assis... Comme nous nous aimions !
Le front sur tes genoux, sans gestes, sans paroles,
Comme un païen aux pieds de ses belles idoles,
Je t'écoutais parler, et puis je frémissais
A chacun de tes mots, lorsque tu me disais :
— N'est-ce pas que la nuit fut faite pour les heures
Où l'amour nous élève aux célestes demeures,
Et que c'est sous un ciel aussi riche, aussi beau,
Aussi resplendissant, comme sous le manteau
Du Seigneur, qu'ici bas nos deux ames jumelles
Peuvent vers un seul but déployer leurs deux ailes ! —
Et dans mes longs cheveux ta blanche main tremblait ;
Tu posais sur ma bouche un baiser qui brûlait ! —

Oh ! que j'étais heureux dans ces moments de fièvre ,

Où , les bras à ton cou , j'aspirais sur ta lèvre

Le plus bel avenir d'espérance et d'amour ,

Où j'étais plus qu'un dieu ! — Pourquoi, pourquoi le jour

Vint-il sous ses rayons chasser un si beau rêve ?

Pourquoi fit-il aussi l'illusion si brève ?

Pour élever devant mon œil désenchanté ,

Le fantôme impuissant de la réalité.

Mon Dieu , mon Dieu , pourquoi ramener mes pensées

Vers les choses du monde , inertes et glacées !

A cette heure , ou je souffre , à qui donc penses-tu ?

Ton cœur est-il joyeux , ou ton front abattu ?

VII.

Minuit... Il est bien tard... et la nuit est bien sombre !...

Un jour, un jour encore à compter dans le nombre

De ceux, qui sans plaisirs et sans joie ont passé...

Un jour, encore un jour vainement dépensé !...

Pourtant je vais partir !... Partir, sans rien connaître !...

Oh ! partir... te quitter... Et pour toujours peut-être...

Si tout mon sang pouvait éloigner le retour

Du matin ; s'il pouvait rayer aussi le jour,

Dont l'approche m'effraie et redouble ma peine,

Quelle serait ma joie en épuisant ma veine !

Hier, quand je t'ai dit adieu, j'ai pensé voir

Une larme trembler aux cils de ton œil noir ;

Ton front devint plus pâle, ainsi que ton visage :

Lorsque tu m'as donné le souhait du voyage,

M'aimerais-tu ? — Seigneur, c'est trop souffrir !

Parlez, je vous en prie, ou faites-moi mourir !...

Partir inconsolé, sans nouvelle souffrance !..

Partir sans rien savoir !... partir sans espérance !...

Jeune femme, à l'absent, demain penseras-tu ?

Ton cœur sera-t-il calme, ou ton front abattu ?

5

IV.

C'est au milieu d'un bal, que je vous ai révue!
Oh! dans ce tourbillon, où s'égarait ma vue,
Dans ce monde animé pour d'autres, et désert
Pour moi, dans ce néant, mon Dieu, que j'ai souffert!

Lorsque des cavaliers, emportés par la danse,
Les groupes avec bruit s'élevaient en cadence,
Moi, près d'eux je rêvais de nouvelles douleurs,
Le front dans les flambeaux et les pieds dans les fleurs!

Mon Dieu, que j'ai souffert! — L'œil fixé sur la porte,
Chaque fois qu'un écho dans le salon apporte
Un frôlement de robe, un léger bruit de pas,
Je regarde, inquiet, et je ne vous vois pas!

Que m'importe, en effet, ce bruit qui m'environne!
Que m'importe le bal et sa triple couronne
De femmes, pauvres fleurs, qui s'entrouvent le soir!
Oui, que m'importe à moi, qui suis-là pour vous voir!

—Je ne voulais que vous! — Et, quand je vous ai vue,
J'ai senti tressaillir mon ame toute émue,
Et vîte j'accourus m'asseoir auprès de vous,
Sans regarder les yeux qui s'attachaient sur nous!

Combien je fus heureux de pouvoir tout vous dire,
De vous causer un peu, de voir votre sourire,
Dont j'avais, dans ce bal, besoin plus que jamais!

— Oh! je compris alors, combien je vous aimais!

V.

« — Lorsque le voyageur, égaré dans la nuit,

« N'entend plus au désert que le vent qui bruït

    « Entre les palmiers de la route,

« Qu'il ne voit plus au ciel, partout morne et blafard,

« L'étoile du berger si brillante au départ;

    « Muet, il s'arrête.... il écoute....

« Puis appelle... et sa voix, claire et forte d'abord,

« Bientôt comme un soupir du prêtre sur un mort,

« Par le désert roule, se fane,

« Et sur l'aile du vent, rejetée aux échos,

« Comme un cri de malheur, siffle autour des chameaux,

  « Et fait pâlir la caravane!

« Ainsi, moi délaissé dans ce monde infini,

« Désert, où le malheur sans doute m'a banni,

  « Je vins jeter ma faible plainte!

« Mais rien ne répondit! — Oh! je sentis alors

« Les larmes me tomber des yeux, et tout mon corps

  « Trembler sous le froid de la crainte!

« Par malheur! — Sans ami pour me tendre la main,

« Et seul contre le vent au milieu du chemin,

  « Je vis dans ma douleur amère,

« Comme un bouquet de fleurs, mon beau rêve effeuillé!

« — Jeunesse, amour, espoir, le monde a tout souillé,

  « Tout brisé, comme une chimère!

« Jésus! — que de chagrins sur mon front amassés!

« Quels ravages profonds dans mon ame a tracés

  « L'ombre qui me suit sans relâche!

« Oh ! monde, je te hais ! — Toi seul as fait ceci ;

« Et, quand ma faible voix te demandait merci,

    « Je t'ai vu rire, comme un lâche ! — »

L'enfant se releva, son cerveau s'agrandit ;

Et ses yeux animés brillèrent, quand il dit :

« — Pourtant je suis poète ! — Et parfois dans mon âme

« Un feu sacré s'allume aussi pur que la flamme

« De l'autel ! — Et parfois dans mon cerveau brûlant

« Se revèle une voix, que j'écoute en tremblant !

« Poètes, je voudrais savoir, si le génie

« Éveille en votre esprit cette même harmonie ;

« S'il fait, quand il paraît, comme un roi tout-puissant ,

« Frissonner votre corps, bouillonner votre sang !

« — Oh ! je voudrais entendre une voix infinie,

« Immense, répéter que moi j'ai du génie,

« Que je puis quelque jour, homme prédestiné,

« Aplanir à mes pieds tout un peuple étonné ;

« Voir ses flots se gonfler à ma seule parole.

« Et traverser le monde avec une auréole !

« Hélas ! moi du génie !... Hier sur le chemin

« J'aurai dû mendier le pain du lendemain,

« Et peut-être ma faim serait-elle apaisée !

« — Aussi triste est mon cœur et triste ma pensée !

« Mon Dieu, j'ai commencé cette année en pleurant,

« Et chacun de ses jours j'ai marché, déchirant

« Ma robe, neuve encore, aux ronces de la route !

« — J'ai marché, sans repos, tout seul avec le doute,

« Faisant tête à la faim, au malheur, à l'affront !

« L'espérance était là pour soutenir mon front !

« L'espérance, mensonge au sein de la misère

« Que Dieu ne punit pas par pitié pour la terre !

« — Je disais le matin : — Ce jour sera meilleur ! —

« Et le jour se passait ; — et la même douleur

« Amaigrissait ma tempe, agrandissait son voile

« Sur ma tête ? — Le soir je disais : — mon étoile

« Resplendira plus belle au milieu de la nuit !

« — Et j'attendais long-temps après minuit,

« Le cœur tout palpitant, un rayon dans mon ombre !

« Mais j'attendais en vain ! — car le ciel était sombre. »

— Et prenant dans ses mains son front pâle et brûlant,

Il tomba sur son lit, tout fièvreux et tremblant!

Alors vous eussiez pu condamner le poète,

Et dans son pauvre cœur entendre une tempête! —

« — Lorsque de la cité s'est effacé le bruit,

« Si, le front dans les mains, j'ose, pendant la nuit,

« Entrouvrir du passé la porte qui se ferme,

« Pâle, et les yeux hagards, vîte je la referme

« Sur mes pieds! — car toujours un spectre menaçant

« Se dresse, et devant moi vient en lettres de sang,

« Avec sa froide main, écrire dans le vide :

« L'homme naît pour souffrir et pour le suicide! —

« Oh! pour parler ainsi, le chagrin, voyez-vous,

« M'a ployé rudement le front sur les genoux;

« Il m'a séché le corps; il m'a torturé l'ame;

« Puis une voix m'a dit : — la vie est une flamme;

« Éteins-la ! — je me suis soumis sans murmurer;

« Car, maudit que j'étais, que pourrais-je espérer? »

Et le jeune poète exilé de son rêve,

Comme de son pays, lentement se relève ;

Et contemplant les cieux sur sa tête, azurés,

Il dit : — mon rêve et moi, tous deux nous sommes prêts!

Puis un léger soupir roula dans le silence

De la nuit; — une voix, qu'étouffait la souffrance,

Gémit tout bas : — jeunesse, amour, espoir, adieu !

Si je suis criminel, pardonnez-moi, mon Dieu!

VI.

Oh ! mes lettres d'ami !... Relisons-les tout seul ;

Car mon ame est bien triste, et, comme un froid linceul,

Se déroule sur moi le pli de la souffranee !

Oui, relisons encor mes lettres d'amitié;

J'y trouverai peut-être un doux mot de pitié,

    Et le germe d'une espérance !

Venez, toutes... Venez... Relisons celle-ci :

« —|Pauvre ami, me dit elle, on voit souvent ici

« Des hommes, qui sont nés pour le deuil et la peine,

« Des hommes mal venus dans ce siècle pervers,

« Où, quand ils font un pas, tout se met en travers,

« Où le mépris sur eux abat sa lourde chaîne !

« Des hommes, dont le cœur simple, bon, innocent,

« Se dessèche et périt sous les maux qu'il ressent;

« De ces hommes, dont l'ame, aux croyances ouverte,

« Parce qu'elle avait vu le monde tout en beau,

« Se brise lentement et se creuse un tombeau,

    « Que l'essaim des rêves déserte !

« Et ces hommes déchus vont au milieu de nous,

« Sans arrêter les yeux, sans ployer les genoux,

« Et sans prier; aussi muets que des fantômes,

« Ils passent; et devant la joie et le bonheur,

« Ils posent sur leurs fronts la fierté du malheur,

« Dans ce monde de nains, prodigieux atômes. » —

— Que cette lettre est sombre et terrible à mes yeux !

Quel sinistre penser, sous ton front soucieux

A, comme un vent malsain, soulevé cet orage ?

L'ange de la douleur, dans l'ombre agonisant,

Avec son aile noire a sans doute en passant

    Effleuré ton jeune visage !

Assez pour cette lettre, et voyons celles-là ;

Sous un style rêveur le plaisir s'y voila ;

Laissons-les ; — car je suis plus triste encor moi-même !

Oh ! — Oui, je donnerais ces lettres en retour,

Mon Dieu, pour en avoir une seule d'amour !

— Mais je n'ai rien : — pourtant, vous savez si je l'aime !

VII.

Après une représentation de Chatterton.

Oui ! — Vous l'avez bien dit : — malheur au pauvre enfant
Que le Seigneur marqua pour être son prophète,
Et qui dans son cerveau sent l'ame du poète
Fixer son œil de feu, dont rien ne le défend ! —

Tout ce qu'il peut aimer sous le pied triomphant
Du monde, vaste corps et sans cœur et sans tête,
Se brise, et puis succombe en sa douleur muette,
Avec un long soupir, comme un arbre qu'on fend !

Et lui, l'élu du ciel, dont la tête se ride,

Lui, dont l'ame autrefois n'avait aucune ride,

Pour toujours abattu, s'endort dans son désert !

O poète ! ô poète ! — il faut que sur la route,

Où nous nous traînons tous vous ayez bien souffert,

Pour attrister ainsi celui qui vous écoute !

VIII.

Amie, il est un jour dans mon triste passé,

Un seul jour, qui dura deux ans! — J'avais pensé

Que je pouvais aimer, que vous étiez la femme

Que mon bon ange avait destinée à mon ame;

— J'avais aussi rêvé jeunesse, amour, espoir;

— J'étais un bel enfant; — il eût fallu me voir

Marcher tout fier de moi; puis à travers le monde, —

Passer, en secouant au vent ma tête blonde;

Tout me faisait plaisir, me semblait animé;

Tout me riait; — j'aimais; — je me croyais aimé!

Amie, il est un jour, — son soleil dure encore, —
Un jour dans mon présent, un jour qui me dévore !
Je me réveille enfin triste et désenchanté;
Au chevet de mon lit j'ai la réalité ! —
J'ai souri cependant ! — Oh ! quelle chose infâme
De rire, quand on a la tristesse dans l'âme,
De plaisanter aussi, quand on sait qu'il y va
D'un avenir d'amour, qu'autrefois on rêva !
— Quoi ! ces regards cachés, avides d'espérance,
Ces larmes, ces soupirs, ces rires, ce silence,
Cette voix de l'amour ne vous a rien appris;
Tout parlait dans l'enfant : vous n'avez pas compris!

Pardonnez, pardonnez, si ma parole est dure;
Mais songez un instant aux peines que j'endure;
Songez qu'hier encor je me croyais aimé,
Et que tout aujourd'hui me semble inanimé!
Songez, que tout me pèse et me fatigue au monde;
Songez que le chagrin courbe ma tête blonde,
Qu'un instant de douleurs m'a rempli jusqu'au bord
D'amertume, et qu'enfin je désire la mort!

Songez à tout cela : — mais pardonnez, amie ;
Mon ame n'est, hélas ! pas encore endormie !

Demain je partirai... Je vous quitte... Demain
Au foyer paternel j'irai tendre la main :
Fatigué de Paris, où la douleur fourmille,
J'irai chercher la paix au sein de ma famille !
Je quitterai Paris, cité pleine de fleurs,
Cité pleine d'oubli, cité pleine de pleurs !
Je quitterai Paris, où je vous ai connue,
Où je vous aime encore, où je vous ai perdue,
Où j'ai fait, tout enfant, mon rêve d'autrefois !
Je quitterai Paris pour la dernière fois,
Paris, où tout s'abime, où tout sentier dévie,
Où je laisse mon ame, où je laisse ma vie !

Demain je partirai... demain j'irai m'asseoir
Au foyer paternel. — Vous que je vais revoir,
Vous, qui m'avez toujours, au temps de mon enfance,
Environné de fleurs, d'amour et d'indulgence,
O mon père, ô ma mère, ô toi, ma bonne sœur,
Laissez auprès de vous, laissez dormir mon cœur :

Il a besoin de paix, sa blessure est profonde!

Si je ne veux pas prendre un état dans le monde,

Dans ses rêves pour moi si chacun s'est trompé,

Si près de votre feu je reste inoccupé,

Je vous prie à genoux, ô mon père, ô ma mère,

Ne me lancez jamais une parole amère;

Ne me parlez jamais de passé, d'avenir!

— J'ai besoin d'oublier, non de me souvenir!

Je partirai demain! — Oh! partir, l'ame pleine

De regrets et de pleurs! — Adieu donc, Magdeleine!

Je reviendrai, mon cœur une fois endormi,

Non plus comme un amant, mais comme un vieil ami!

IX.

C'est en vain que mon œil regarde dans le monde,
Et cherche sur les fronts un rayon de bonheur,
Il n'aperçoit partout que dégout et malheur,
Brutalité sans cause, et misère profonde !

Puis bientôt fatigué de ce spectacle immonde,
Au sein de la famille il cherche; et la douleur
Se révèle partout dans les yeux, dans le cœur,
Partout près du foyer, que de pleurs elle inonde!

Qu'il est pénible, ô ciel, de toujours voir souffrir,
De toujours voir pleurer, de toujours voir mourir!
Oh! regarde, inconnu, toi que l'on déifie :

Deux victimes toujours sont prêtes à l'autel,
Où sans pitié le monde attend et sacrifie :
C'est toujours Chatterton, c'est toujours Ketty-Bell!

X.

I.

Quand on voit tout-à-coup, au fond d'un ciel limpide,

S'éclipser et pâlir les astres de la nuit;

Quand on entend au loin un tonnerre rapide

    Passer sur le monde, à grand bruit;

Quand s'agite la mer; quand l'abîme s'entrouvre;

    Quand le pilote ne découvre

    Aucun fanal brillant dans l'air;

Quand toutes les cités baissent leur front dans l'ombre;

Quand le sphinx au désert est inquiet et sombre,

    Et que son œil jette un éclair;

Quand le blasphémateur se tait parmi l'orgie;

Qu'il se dit en tremblant : — s'il existait un Dieu ! —;

Quand Sodome et Gomorrhe, ainsi que par magie,

    Reprennent leur robe de feu;

Et quand Ahasvérus, tout couvert de poussière,

    Le front abattu sur la pierre,

    Repart, voyageur éternel ;

C'est que le jour approche, où le mont du Calvaire

Se couronna d'un Dieu, qui mourut sur la terre

    Pour tout un monde criminel !

Quand ce jour est passé, jour de deuil et de joie,

Effroyable ouragan, suivi de l'arc-en-ciel;

Quand la nuit dans les airs, muette, se déploie,

    Et que l'archange Gabriel

Fait ouvrir en passant les portes du saint temple

    A tous les chrétiens, que contemple

    Dieu, qu'ils n'ont pas mis en oubli ;

Pécheurs, c'est qu'à cette heure au pays de Judée

Sur une croix, de sang et de pleurs inondée,

    Le meurtre s'était accompli!

II.

Silence, écoutez tous... à genoux, à genoux!

Vers la voûte, en tremblant, la mystique prière

S'élève... Un autre chant lui répond... Voyez-vous...

Secouant à ces voix leur sommeil séculaire,

Sur les grands vitreaux peints les évêques mitrés,

Ces saints hommes du ciel des peuples revérés.

    Ont courbé leur front vers la terre!

Pleurons.... c'est aujourd'hui qu'a pleuré l'enfant Dieu,

Qu'il est mort sur la croix, qu'une foule entassée,

Ainsi qu'un noir sabbat, la nuit, autour d'un feu,

Autour de lui dansait, en hurlant, l'insensée :

— Jésus de Nazareth, le roi, le Dieu du ciel,

Il a soif... Apportons et l'éponge et le fiel;

    Bientôt sa soif sera passée. —

Pleurons... c'est aujourd'hui—qu'on vit près de la croix

Souffrir plus que la mort à la vierge Marie;

Qu'on entendit au ciel retentir cette voix :

— Ils dansent sur la terre; ici je veux qu'on prie;

Priez, anges du ciel; car mon fils va mourir ! —

Prions tous; — car ce jour est jour de repentir,

    Et jour de malheur pour l'impie !

III.

    Vous tous, que la prière appelle

    Sous les portiques du saint lieu,

    Priez... Que le vent sur son aile

    Porte votre prière à Dieu !

    Peuples, dont la foule plaintive

    Gémit toujours sur cette rive,

    Quand sonne l'heure de mourir !

    Regardez le mont du Calvaire,

    Où Jésus-Christ meurt pour la terre:

    Hommes, apprenez à souffrir !

    Marie à terre est affaissée,

    Sans pleurs, à force d'en verser,

    Si débile et si délaissée,

    Qu'un souffle pourrait la briser !

— Et Christ, que son père abandonne,

Pour ses bourreaux prie et pardonne ;

Ses yeux au ciel sont élevés ;

Puis sous la couronne d'épine

Son front tombe sur sa poitrine ;

Ses pleurs par le sang sont lavés !

Mortel, qui te plains et soupires,

Ici-bas qu'as-tu donc souffert ?

Pour la palme des grands martyres

As-tu traversé le désert ?

Être débile, et sans courage :

— Le ciel a toujours un orage,

— La feuille un vent pour l'emporter ;

— Le lac limpide une hirondelle,

Qui le trouble, en trempant son aile,

— Et l'homme un soupir à jeter !

IV.

Jeunes gens, qui courez aux plaisirs de ce monde,

Vieillards, las de fouiller dans cette fange immonde,

Vous qui, pliés vers le tombeau,

Voyez sur vos chevets, d'où s'exile la joie,

Le noir remords assis, comme auprès de sa proie

La sombre face du corbeau.

Femmes, qui présentez sous notre main flétrie

A cueillir sur la route une épine fleurie,

En nous jetant un mot d'amour,

Dans ce jour solennel au moins une prière,

Une larme... Au Seigneur cette aumône est si chère,

Il a tant souffert dans ce jour !

Pécheurs, pour vous bénir il ne veut qu'une larme !

Versez-la sur l'autel !... avec elle il désarme

Le bras de son père irrité !

Avec elle il sourit ! — Oh ! quand il vous pardonne,

Il est heureux ! — Pleurez... Avec elle il vous donne

Le bonheur dans l'éternité !

XI.

O mon premier amour, que mes rêves d'enfant
M'avaient montré joyeux et surtout triomphant,
    Que tu fus triste et sombre!
Ainsi j'aurai toujours un pénible réveil,
Un nuage toujours, passant sur mon soleil,
    Me jettera de l'ombre !

Que de jours sont tombés depuis mes jeunes ans !
Ah ! l'espérance alors, aux yeux éblouissans,

M'enivrait de mensonges !

Et j'ignorais encor l'amour et ses chagrins !

— Oui tous mes jours étaient tranquilles et sereins,

Mes nuits pleines de songes !

O temps, d'où j'ai compté mes premières douleurs,

Aux pieds de ton autel, que j'ai versé de pleurs,

Répandu de prières !

Et que j'étais heureux, quand je pouvais la voir,

Accroupi sur la dalle, où je venais m'asseoir,

Veillant des nuits entières !

Mais aussi que de fois ma bouche a blasphémé !

Que de fois j'ai maudit ce que j'avais aimé,

Lorsque finit mon rêve !

Quel triste souvenir ! — Que cela nous fait vieux !

Hélas ! — Je ne vois plus de rubis précieux

Oubliés sur ma grève !

Mon paradis n'est plus ! — Où donc s'est envolé

Le fantastique essaim dont je l'avais peuplé ?

O mon Dieu, je t'implore,
Donne moi, donne moi quelques heures d'amour ;
Si tu crains que ma voix te maudisse à son tour !
Je veux aimer encore !

Je veux encore aimer, quand même il renaîtrait
Ce temps, dont j'ai gardé si pénible regret,
Avec toutes ses craintes,
Avec ses jours, ses nuits, si palpitans d'espoir,
Avec sa frénésie, avec son désespoir,
D'injures et de plaintes !

O mon premier amour, que mes rêves d'enfant
M'avaient montré joyeux, et surtout triomphant,
Que tu fus triste et sombre !
Pourtant, si tu pouvais à présent revenir,
Tu me verrais pleurer de joie, et te bénir,
Et t'adorer dans l'ombre !

XII.

Naître, les yeux fermés, sans connaître sa mère ;
Lorsque la raison vient, regarder plein d'effroi,
Ce qui vit et ce qui s'agite autour de soi ;
Puis, comme un front de mort, traverser solitaire

Au milieu des vivans sans croyance, sans foi ;
Marcher en tâtonnant, ne toucher qu'à la terre ;
A chaque nouveau pas heurter contre un mystère ;
Tout vouloir; n'avoir rien !—C'est tout homme !—C'est moi !

Que d'heures dans un an ! — Et que de jours à vivre !

— A combien de dégouts il me faudra survivre !

— Quel abîme à creuser ! — Oh ! Je voudrais mourir,

Pour savoir, si la mort elle-même est mensonge,

Si l'éternité vaut la peine de souffrir;

Si paradis, enfer, tout cela n'est qu'un songe !

XIII.

—« Je ne suis pas heureux !— Pourtant j'ai l'amitié
Qui m'offre ses conseils, qui m'offre sa pitié ;
J'ai la force du corps, la jeunesse de l'ame,
La pureté du cœur ; j'ai des ailes de flamme,
Lorsque je lance au ciel mon vol aventureux ;
Auprès de mon foyer j'ai, pour aimer moi-même,
Ma mère qui m'adore, et mon père qui m'aime ;
Et pourtant, ô mon Dieu, je ne suis pas heureux !

J'ai tout ce qui peut faire un bonheur de la vie;
Je suis à tout hasard le sentier qui dévie,
La route qui se perd dans son immensité;
Je cours à travers champs; car jai la liberté;
Mon ame autour de moi jette sa fantaisie,
Chante auprès de la mer, chante auprès du ruisseau,
Prie auprès de la tombe, et sourit au berceau;
Ou bien reste à rêver;— car j'ai la poésie !

Et pourtant, ô mon Dieu, je ne suis pas heureux !—
Pour moi la terre est froide et le ciel ténébreux;
Partout où va mon œil, où ma main se repose,
Dans ma création il manque quelque chose;
Il faudrait sur mes jours les rayons d'un soleil
Inconnu, sur mes nuits la clarté d'une étoile,
Qui se cache à mes yeux dans les plis d'un long voile !—
Je suis dans le néant; je suis dans le sommeil !

Dieu, par qui l'ame au corps est donnée ou ravie,
Source de la lumière, et source de la vie;
Dieu puissant, qui jetas — au sol marécageux —
Les vagues du torrent mugissant, orageux,

—Aux prés — l'eau des ruisseaux si fertile et si vive.

— Au monde, — pour ceinture un immense Océan, --

Secouez mon sommeil, tirez-moi du néant ;

Faites que je m'éveille, et faites que je vive !

Amour ! — Ce mot que l'homme, ou sceptique ou moqueur,

Raille, — souvent éveille un écho dans mon cœur ;

Souvent, lorsque mes yeux du haut d'une colline

Regardent le soleil, qu'il s'élève ou décline,

A l'heure, où le poète est grand, bien qu'à genoux,

Je pense, en me plongeant dans ces flots de lumière,

Que le soleil des cieux est créé pour la terre,

Mais qu'il manque un soleil pour nos ames à nous !

Je pense que l'amour est ce soleil, peut-être,

Cet inconnu, qu'il faut à mon ame, pour être

Entièrement heureuse, et pour vivre ici-bas ;

Qu'il me faut ses rayons pour diriger mes pas ;

Pour dessiller mes yeux, pour éclairer ma route ;

Je pense que sans lui tout est inanimé

Dans l'homme, et qu'il me faut aimer, comme être aimé,

Ne plus rien chercher ; rien désirer sans doute !

Je pense... — Alors mon cœur devient triste, en pensant! —
Que ce soleil n'a plus ni rayon bienfaisant,
Ni coucher, ni lever; — qu'il est mort pour le monde;
Et que de là nous vient l'obscurité profonde,
Où l'ame trouve un gouffre, et le cœur un tombeau;
Où notre esprit, perdu parmi les rêveries,
En suivant au hasard de folles théories,
Dans les champs de l'erreur flotte, comme un lambeau!

Au poète de là ces tristesses de l'âme;
Et cette ambition, que tout le monde blâme;
Et cette crainte aussi d'avancer d'un seul pas;
Et ces cris de douleurs, auxquels on ne croit pas;
De là ces longs soupirs, ces horribles blasphêmes,
Que, pendant le chemin, pousse l'humanité;
Cette peur, quand l'esprit songe à l'éternité,
Et qu'en rêve il nous voit tout chargés d'anathêmes!

Et si je me demande, au milieu de ces nuits,
Où l'obscurité fait plus sombres les ennuis,
Pourquoi ma vie est triste, et pourquoi ma pensée
Sous sa pesante main tient ma tête affaissée;

Pourquoi je ne crois pas être un des saints élus

Comme je le croyais aux jours de ma jeunesse ? —

C'est que je sais, sans même espérer qu'il renaisse,

Que pour mon cœur aussi l'amour n'existe plus !

— Ou si, lorsque, debout auprès de ma fenêtre,

Où du soleil couchant la lumière pénètre,

Je me demande encor : — pourquoi tant de beautés

Dans le ciel ? — Et pourquoi tant de difformités

Chez les hommes ? — Pourquoi cette pure harmonie,

Ce calme, cette paix dans la création ?

Et sur l'humanité pourquoi l'affliction,

Qui l'assiège partout, comme un mauvais génie ?

— Ah ! c'est que ce beau ciel auquel je dis adieu,

Auquel je tends les bras, est le palais de Dieu !

Et si l'humanité de deuil est habillée,

C'est qu'elle a blasphémé ; c'est qu'elle s'est souillée !

— Ah ! C'est que la nature est pure à tout jamais !

— C'est que l'homme sans cesse entraîné par l'orage,

Poussant de longs soupirs, jettant des cris de rage,

Pécha dans le passé, péchera désormais !

—C'est que la simple fleur, au milieu des campagnes;

—C'est que le pin, debout, au versant des montagnes,

— Que le petit oiseau caché dans les forêts,

Ou se désaltérant dans le ruisseau des prés;

— Que l'aigle par son vol emporté vers les nues,

Ou planant au-dessus des champs et des cités,

Bercé par le fracas des torrens agités,

Ou debout sur des monts aux cîmes inconnues,

— C'est que le ciel;— enfin que la création,

Pour vivre et s'embellir, ne veut qu'un doux rayon

De soleil;— C'est que Dieu toujours au-dessus d'elle,

Constant dans sa bonté, dans son amour fidèle,

Épanche, chaque jour, le beau soleil des cieux;

—C'est que toute la terre, — hormis celui qu'on nomme,

Dans le langage humain, le vieillard, l'enfant, l'homme,

Renferme de l'amour un germe précieux!

—C'est que dans ses beaux jours, et ses nuits de mystère

La terre bénit Dieu;— que Dieu bénit la terre! —

Mais hélas! C'est aussi que la société

Triste, comme autrefois elle n'a pas été,

A perdu pour toujours son foyer et sa flamme ;

—C'est que, comme l'hiver, elle est froide partout ;

— Que son cœur est parjure au Seigneur ;— C'est surtout

Qu'elle n'a plus l'amour, ce pur soleil de l'ame ! — »

XIV.

Maintenant, que le monde est éloigné de nous,
Laissez-moi, laissez-moi vous dire, ô Magdeleine,
Qu'il n'est pas un buisson, tout fleuri dans la plaine,
Aussi pur, aussi blanc, aussi chaste que vous!

Laissez-moi, laissez-moi vous dire, à deux genoux,
Que vos cheveux sont beaux et noirs comme l'ébène,
Que vos yeux font aimer, que votre voix est pleine
Daccords harmonieux, à me rendre jaloux!

Laissez-moi vous aimer de près, et vous le dire,
Penser à vos douleurs, puis à votre sourire,
Puis aux pénibles jours, qui sur vous passeront!

Laissez-moi, laissez-moi baiser avec alarmes
Les rides, qui déjà creusent votre beau front,
Où sont écrits ces mots : génie, amour et larmes!

XV.

I.

Quelquefois un palais antique,
La nuit, déploya sous vos yeux
Sa vaste enceinte fantastique,
Et dans son dédale magique,
Ses mille arceaux prestigieux.

Pendant qu'une douce harmonie,
Du haut des spirales sans fins,

Sur l'aile blanche d'un génie,

Arrivait immense, infinie,

Comme un doux chant de séraphins !

Et devant vous en longues files,

Plus innombrables que les fleurs

Qui sèment le pied des charmilles,

C'était partout des jeunes filles,

Qui partout voltigaient en chœurs !

C'était des sylphes et des gnômes,

Tels, qu'en fait rêver l'Orient,

Bien plus nombreux que les atômes

De l'air, mystérieux fantômes,

Qui fuyaient en vous souriant !

C'était, tout ce qu'on voit en songe

De plus exquis, de plus divin,

Bonheur, où notre esprit se plonge

Tout délirant, et qu'il prolonge

Avec amour, jusqu'au matin !

C'était ce qu'une ame ravie
Pourrait espérer ici bas,
Le rêve de toute une vie,
Ce que chacun de vous envie
Une fois avant le trépas!

II.

Non ce qui, dans la nuit, autour de vous s'élève
Si splendide, n'est pas, ce que m'offrit mon rêve,
  Mon rêve descendu des cieux!
Ce n'est pas un palais, dont les hautes spirales
Se perdent sous la nue, et dont les vastes salles
  Ont mille arceaux prestigieux!

Je n'ai pas entendu d'étrange symphonie
Murmurer vaguement une douce harmonie!
  Je n'ai pas vu dans mon sommeil
Passer et repasser des chœurs de jeunes filles,
Et des sylphes légers les ravissans quadrilles
  S'effacer devant mon réveil!

Non... non... je n'ai pas vu cela !.... J'ai vu le temple,
Où la trinité veille, et chaque soir contemple
    Les saints, qui viennent y prier,
A l'heure où l'angelus résonne sur la terre,
A l'heure où devant Dieu, rêveuse et solitaire,
    Toute ame aime à s'humilier !

Plus ancien que le monde et tout pavé d'étoiles,
Ce temple m'apparut à travers les sept voiles
    Impénétrables à nos yeux,
Temple auguste et sacré, dont la voûte est semée,
Par delà l'Univers, d'une innombrable armée
    De soleils, au corps radieux !

Partout agenouillés les chérubins, les anges,
Les vierges, les martyrs, les saints et les archanges,
    Priaient pour nous, pauvres mortels,
Quand retentit du ciel la trompette sonore,
Et qu'on vit arriver du côté de l'aurore
    Deux resplendissans immortels !

Tous deux avaient au front une même couronne !

Se tenant par la main ils vinrent jusqu'au trône ,

  Où Dieu le père était assis ,

Et puis ayant courbé les genoux et la tête :

— Dieu puissant , dirent-ils, notre réponse est prête ,

  Et tes ordres sont accomplis !

Et Jéhova leur dit : — « O ma fille chérie ,

Douce religion, source de poésie ,

  Pourquoi m'appeler en ce jour ?

Pourquoi venir ici , bel ange de mystère ?

Et pourquoi donc avoir abandonné la terre

  Avec le séraphin d'amour ? »

III.

LES DEUX ANGES.

— « Depuis les cinq mille ans, où tu donnas le monde

Pour moule à ta pensée, où de ta main féconde

S'épandit dans l'espace un millier de soleils,

Nous avons tous les deux vécu des jours pareils

     8

Sur la terre, où long-temps les hommes adorèrent

Notre divin symbole, où long-tems il brulèrent

A nos autels sacrés un encens chaste et pur!—

Sur notre tête alors roulait un ciel d'azur!

Depuis ils ont osé souiller le sanctuaire,

Et sur notre beau front jeter de la poussière;

— Et tous deux exilés, tristes et l'ame en deuil,

Nous avons entro'uvert les planches du cercueil,

Et déjà pour partir, comme deux hirondelles

Au retour de l'hiver, nous étendions nos ailes,

Quand tous deux nous avons, sur le bord du chemin,

Trouvé l'humanité, qui nous tendait la main.—

Elle nous dit : — « Avant de finir le voyage,

Recommençons tous trois notre pélerinage.

Peut-être existe-t-il dans un coin ignoré

Un homme, pour lequel notre nom est sacré!

Beaux anges, secourez votre sœur demi-morte!» —

— Et nous avons marché, frappant de porte en porte;

Et nous avons encore répandu bien des pleurs,

Rajeuni bien des fois nos anciennes douleurs!

Personne ne voulut nous ouvrir sa retraite,

Sous son toit, riche ou pauvre, abriter notre tête,

Réchauffer notre corps aux flammes de son feu,
Et nous dire : « je vous reçois au nom de Dieu ! »

IV.

A ces mots l'éternel agita sa couronne ;
Son œil étincela ; puis debout sur le trône
    Le Dieu juste, le Dieu vengeur
Secoua ses deux bras au-dessus de la terre
Et s'écria : je jette au monde ma colère ;
    Malheur à lui ! — Trois fois malheur ! —

Tout trembla dans le ciel ; — alors les grands archanges,
Les vierges, les martyrs, les saints et les deux anges
    A genoux devant Jéhovah,
Pour calmer son courroux, chantèrent un cantique ;
Puis, retentit trois fois sous cette voûte antique :
    — Seigneur pardonnez : — hosannah !

XVI.

Au coucher du soleil, quand tombe la nuitée,
Comme lui, Magdeleine, allez-vous bien souvent,
Dans les prés, dans les champs, sous la feuille agitée,
    Frissonner au souffle du vent?

Allez-vous écouter ces bruits, ces voix étranges,
Qui roulent au hasard, le soir, dans les forêts,
Et passent, au-dessus des villes et des prés,
Si belles, qu'on dirait une musique d'anges?

Allez-vous regarder, lorsque le ciel est noir,
Lorsque vers l'horizon de vapeurs il se voile,
Percer le blanc rayon de la première étoile,
    Pur diamant au front du soir?

Allez-vous quelquefois dormir sur la montagne
Quand la rosée au loin plane sur les chemins,
Rêver, comme avec lui, d'Italie et d'Espagne,
Les yeux levés au ciel et le front dans les mains?

Ou suivez-vous encore un feu follet qui passe,
Et qui sous la forêt disparaît en riant,
Et l'étoile qui file et trace dans l'espace
    Un pont du Nord à l'Orient?

Si votre esprit est las de poursuivre un nuage,
De se perdre aux détours d'un magique château,
Dites-lui, courez-vous détacher le bateau
Que le flot endormi berce auprès du rivage?

Et songez-vous à lui, jeté bien loin de vous
Sur un autre vaisseau, qui s'égare et qui flotte

Sans boussole, au hasard... les hommes y sont tous !

    Et le temps leur sert de Pilote !

Magdeleine, que Dieu m'acorde de vous voir,

Heureuse comme aux temps de votre belle enfance,

Vivre parmi les fleurs, seule avec l'espérance ;—

—Rêver jusqu'au matin ! Sourire jusqu'au soir !

Rêvez surtout !— Rêvez ; car c'est la seule joie,

Le seul puits du désert, le seul bonheur réel,

Qu'on cherche sur la terre, où toute ame se noie,

    Le seul qui rappelle le ciel !

Rêvez, rêvez surtout à ces choses passées,

Sillons, où, gros d'espoir, son avenir germa,

Puis dépérit !— Alors dans toutes vos pensées

Ayez un souvenir pour lui qui vous aima.

XVII.

I.

Qu'ils sont prompts à passer les mois ! — et les années,
Comme elles sont, hélas ! brusquement entraînées !
— On parle de la veille, et l'on est à demain !
— Oh ! que le temps est bien une faux à la main,
Deux ailes sur le dos, le front chauve, et derrière,
Pour l'arrêter au vol, rare, comme des vœux
Accomplis ici bas, la touffe de cheveux
    Eparse et jetée en arrière !

— Et la mort! — Ce squelette à la tombe arraché, —
Ministre de vengeance, et fille du péché, —
Aveugle, qui ravit, comme une ombre, un fantôme,
L'homme avant le vieillard, et l'enfant avant l'homme;
— Comme elle est bien ici, la reine des humains,
Partout en même temps imposant sa puissance ! —
Car partout est le crime, et partout la vengeance
    Doit nous frapper de ses deux mains !

Quand je rêve à cela, j'écoute ma pensée
Sous mon front se débattre ainsi qu'une insensée,
Epouvanter mon ame, et, comme un grand essaim,
A la place du cœur bourdonner dans mon sein !
Sur le poète alors tombent la poésie,
Des rêves effrayans, les éclairs, dont le feu
Lui dévoile ce qu'est l'homme à côté de Dieu !
    Alors délire et frénésie !

Tout se révolte en moi, je blasphême, et je dis :
— Pourquoi donc sommes-nous esclaves et maudits ?
Si nous devons pécher, qu'est-il besoin de naître ?
Si nous devons souffrir, que nous sert de connaître

Ces vains mots de bonheur et de joie ? — Oh ! pourquoi

Le temps, la mort, la vie ? — Et pourquoi cette chute

De notre premier père,.... hélas ! — c'est une lutte

    A mort entre le doute et moi !

Alors mon pied franchit d'un bond six mille années,

Par la main de la mort en siècles enchaînées,

Depuis ces premiers jours, où pour l'éternité

Dans Ève et dans Adam partit l'humanité !

Et les reins, adossés sur la forte barrière,

Qui du beau paradis sépare notre champ,

Je la regarde aller, comme un juge de camp,

    Et cheminer dans la carrière !

Toujours, comme un boîteux, elle va sur un pied,

Trébuche à chaque pierre, et jamais ne s'assied ;

Sur les traces du temps, qui l'entraîne, elle laisse

Des lambeaux de sa chair à la mort, qui la presse ;

— Ici dresse un bûcher ; — là bâtit un autel, —

Paraît tantôt debout, tantôt dans la poussière, —

Ici chante à genoux une sainte prière ;

    — Et là jette un blasphème au ciel ! —

Toujours entre elle et Dieu, dans cette plaine immense,
Quand un combat finit, un autre recommence!
— Alors c'est un spectacle à faire peur! — Alors
Une sainte épouvante agite tout mon corps!
— Horreur! ici je vois Abel sous la massue
De son frère Caïn rouler ensanglanté,
Et le remord, la mort, l'un par l'autre enfanté,
    Surgir de sa tête fendue!

Et tous deux à leur tour enfantent les douleurs!
Avec elles les cris, les sanglots et les pleurs!
L'homme à jamais renonce aux nobles espérances,
Et blasphême et se damne à force de souffrances!
— C'est l'heure, où par le ciel il doit être puni!
Le déluge le noie, et la foudre le frappe!—
Mais Dieu veut que Noé dans un arche s'échappe;
    Et rien encore n'est fini!

A peine a-t-elle mis ses deux pieds hors de l'arche,
L'humanité reprend son éternelle marche;
Et, comme auparavant je la voix trébucher,
Tomber, se relever, et prier, et pécher! —

Et, comme auparavant, le crime et la vengeance
Joignent leur main sur elle, et leur front menaçant!
Demain dans Cham maudit, dans Noé maudissant,
    Renaît cette double puissance!

Là c'est Sodôme, c'est Gomorrhe : — toutes deux
Resserrant de leur corps l'accouplement hideux,
Sur des flots enflammés se roulant à la tombe;
Plus loin l'orgueil se dresse; et plus loin Babel tombe!
— Là c'est : — mille Joseph, par leurs frères vendus;
— Mille Jacob en pleurs sur le seuil de leur porte;
— Mille vaisseaux brisés, que l'Océan emporte;
    — Mille maux sur l'homme étendus!

— Que sais-je? — C'est ici : mille empires qui croûlent,
Qui, poussés au hasard, l'un sur l'autre se roulent,
Et dans la nuit de Dieu, parmi des grincemens,
Disparaissent en masse avec leurs monumens!
Et puis, frappés au cœur, des mondes qui s'entr'ouvrent,
Et saignent sous le coup des révolutions;
— Puis encore, au milieu de ces convulsions,
    D'autres mondes qui se découvrent!

— Que sais-je? — C'est partout : — le crime et le remord,
Le bien avec le mal, la vie avec la mort,
— De ces choses, qui sont pêle-mêle entassées
Dans la création, ainsi que mes pensées
Dans ma tête! — Au-dessus de grands coups de hasard,
Qui renversent à bas les plus vieilles croyances;
— Et les hommes alors, vendant leurs consciences,
    Transforment le monde en bazar! —

De là de mauvais jours, de mauvaises années,
Pour les ames, qui sont ici bas condamnées
A penser; — pour les cœurs, pleins d'amour et de foi,
Qui voudraient tout aimer, tout sauver, comme moi,
Mais qui ne peuvent rien! — C'est une vie entière
Passée à méditer, passée à travailler,
Passée aussi, sans rien découvrir, à veiller,
    Comme un soldat sur la frontière!

— C'est le doute, serpent au cœur du genre humain;
— C'est la peine partout; — c'est la faim; — c'est demain;
— Tortures, sur le seuil de nos portes placées,
Ainsi que des bourreaux pour tuer nos pensées!

— C'est enfin, comme sur des corps putréfiés,

Tous les vices, grouillant au ventre de la terre;

— Et c'est, pour couronner cette grande misère,

    Mille Jésus crucifiés !

II.

Toi, qu'ici l'on adore, et quici l'on blasphème;

Toi, qui tiens dans tes mains le mot du grand problème;

Toi, qui du haut des cieux nous regardes marcher,

Nous laisses au hasard courir pour te chercher;

— Toi, qui n'apparais pas, et qu'on ne peut connaître;

Toi, qui sur le chemin, lorsque nous trébuchons

Rompus par la fatigue, et lorsque nous péchons,

Nous pardonnes peut-être, et nous soutiens peut-être;

— O Dieu, — grand phare au bout de toute vie humaine,

Vers lequel nous voguons, sans connaître, s'il mène….

A quoi?... Je n'en sais rien... Idole, en qui je croi,

Parce qu'un cœur pour vivre a besoin d'une foi!

— O Dieu, que l'homme place au-dessus des étoiles,

Parmi des saints, parmi des anges radieux;

—Toi, qu'on dit, sur la terre, entouré de sept cieux,
Étendus devant toi , comme sept larges voiles ;

— Toi, dont le simple nom, tombant avec minuit
Dans ma chambre, me fait frisonner dans la nuit,
Et voir aux alentours, comme des ombres d'hommes,
De femmes et d'enfans, et comme des fantômes,
Si bien que tout mon corps se courbe en frémissant,
Que je mourrais, je crois, en détournant la tête,
Qu'une étrange épouvante, ainsi qu'une tempête,
Bouleverse mon cœur et tourmente mon sang ;

O puissance inconnue ; — ô Dieu, qui m'environnes ,
Qui peux, je le comprends, briser sceptres et trônes,
Et pour nos potentats les transformer en croix;
— Tout puissant, éternel, grand être, ô roi des rois,
Jusques à quand veux-tu donc, que l'espèce humaine
Marche comme un aveugle, à travers ce désert ,
D'où s'échappe, à toute heure, un horrible concert,
Où sans cesse et toujours ta volonté l'entraîne ?

Jusques à quand veux-tu qu'au milieu des dangers,

Qu'au milieu des écueils, entre ces deux bergers,

— Par le temps emportée, et par la mort poussée,

Elle vole, à tout vent, comme une aile cassée !

N'es-tu pas las de voir ses livides troupeaux,

Tête basse, en avant, s'élancer pêle-mêle,

D'entendre tant de fois sa triste voix qui bêle,

Qui crie, et te demande, en pleurant, du repos?

Pourquoi l'avoir ainsi loin des cieux reléguée?

Ne t'es-tu jamais dit qu'elle était fatiguée?

— Que le plus fort cheval crève à toujours courir,

— Que l'ame même, ô Dieu, s'use à toujours souffrir.

— Que pour l'humanité le temps est, que s'écoule

La révolution des ans comme des jours,

Et qu'a souffrir sans cesse, et qu'a courir toujours

Sans repos, à la fin il faudra qu'elle croûle?

III.

Pauvre enfant, pauvre fou de te parler ainsi!

Car, hélas! j'oubliais que moi je suis aussi

Un penseur au hasard, comme les autres hommes,
Un aveugle ignorant son but; — que tu te nommes
Tout puissant, éternel, et créateur et Dieu,
Et que l'humanité, bien que faible, épuisée,
Ira, si tu le veux, sans but et sans pensée,
Entre sa terre et toi sans trouver de milieu ;

Oui qu'elle ira toujours, comme vont les nuages,
Se heurtant, s'écrasant au milieu des orages;
— Oui qu'elle ira toujours, derrière elle laissant,
Si tu le veux encore, un sillage de sang,
— Des lambeaux de son corps aux buissons de la route,
— Des crimes à la loi, qui n'est qu'un échafaud;
— Des martyres pour toi, — ses rêves, s'il le faut,
A la réalité, — ses croyances au doute!

— Qu'elle ira désormais, — mon ame le pressent,—
Toujours, comme autrefois, toujours, comme à présent ;
— Bienheureux, si le mal n'étend pas son empire !
— Bienheureux, si celui qui souffre, sans le dire,
Si celle qui gémit, mais qui gémit tout bas,
Si de l'humanité cette moitié qui pleure,

Qui comprend le poète et la femme à cette heure ,
Ne perd pas patience, et ne blasphême pas!

Alors s'échapperait de la terre un blasphême
Universel! — Des cieux tomberait l'anathême!
— Nulle voix pour prier ; nulle voix pour bénir !
— O mon ame, toujours trembler pour l'avenir !
Toujours devant mes yeux de sinistres images !
Si j'espère un instant, le passé me revient,
Mon cœur tremble de peur, mon esprit se souvient,
Et mon ame s'emplit de terribles présages!

Et je n'ose, Seigneur, m'engager plus avant!
— Hélas, comme la feuille au caprice du vent,
Ma tête est balottée au gré de ces pensées,
Que même je voudrais n'avoir jamais tracées!
— Et comme un voyageur devant plusieurs chemins,
Ne sachant où trouver la véritable route,
Je m'assieds sur la berge, et j'attends, et j'écoute,
Et parfois vers le ciel je lève les deux mains!

Seigneur, ayez pitié de ma tête qui pense,

De mon ame qui souffre, et qui souffre en silence !

Ayez pitié surtout de ces grandes douleurs,

Qui sous des toits crevés se nourrissent de pleurs !

— Ayez pitié, Seigneur, ayez pitié des hommes !

— Oh ! ne les laissez plus ni souffrir, ni pécher !

— Ne les rejetez pas ! — Mais daignez épancher

Un doux regard d'amour sur la terre où nous sommes !

— Maintenant, voyez-vous, il faudrait la bénir,

Et méditer pour elle un meilleur avenir !

Il faudrait du repos après si longue marche !

Elle erra si long-temps sur les flots, comme l'arche

Du déluge ! — Il faudrait qu'un mot de votre voix,

Un de ces mots puissans à réveiller un monde,

A le purifier de toute chose immonde,

La tirât du chaos pour la seconde fois !

XVIII.

O ma pauvre ame, ô vous, dont le rude génie
Se révèle souvent par des cris de douleurs,
Qu'avez-vous rencontré dans le vallon des pleurs,
Pour donner à vos chants cette sombre harmonie?

Hélas, quand vous parlez, je tremble et balbutie;
J'arrache de mon front les plus brillantes fleurs;
Tout revêt sous mes yeux de sinistres couleurs;
Et jusqu'aux pieds de Dieu je blasphème et je nie!

Vous repoussez l'espoir, quand il vous tend la main,
Qu'il veut vous réchauffer aux rayons de sa flamme ;
Et pourtant vous n'avez perdu dans le chemin
Ni le cœur d'un ami, ni le cœur d'une femme !

Bien d'autres, sans se plaindre, ont souffert plus que nous !
Si dès le premier pas vous tombez à genoux,
Plutôt que de maudire, endormez-vous, mon ame !
—Mon ame, endormez-vous,

FIN DES PENSÉES DE LA NUIT.

III.

Dernière nuit.

Amis, si, par malheur, vous avez la faiblesse
D'aimer la rêverie et d'aimer la tritesse;
— Ou bien si, dans le jour, un martyre, en passant,
A tiré de vos cœurs une goutte de sang;
— Surtout, si vos regards arrêtés sur la terre
Ont découvert la tombe, où gît quelque mystère;
— Oh ! ne restez jamais assis au coin du feu,
A penser, dans la nuit, des hommes et de Dieu!

Car ce qui vous entoure attristera votre ame!

— Le foyer, dans la nuit, jette une triste flamme;

L'oreille entend au loin comme un triste concert ;

Tout passe sous nos yeux plus triste et plus désert !

—Le vent, comme un mourant, se plaint dehors! — et l'heur

S'envolant des clochers, comme une voix qui pleure,

Au milieu de la paix sonne lugubrement;

Et près de nous la lampe éclaire tristement!

Ne restez pas alors, près de la cheminée,

A songer, l'ame triste, et la tête inclinée;

Les yeux sur les charbons, et le front dans la main

Ne rêvez point, enfants, d'hier ni de demain ;

N'allez pas réveiller le passé dans la tombe,

Et, sans crainte, attendez que l'avenir y tombe !

—Laissez aller les jours, laissez aller les nuits !

A quoi bon se créer des peines, des ennuis!

— Vivez, vivez en paix ! — chantez, que vous importe,

Si l'univers gémit au seuil de votre porte;

— S'il était autrefois triste, comme à présent ;

— Si souffrir et pleurer fut son but en naissant;

— Si, toujours balotté sous de sombre nuages,

Il ne doit réfléchir que de tristes images;

— S'il descend au néant; — Si derrière un tombeau

Sur un monde plus saint brille un soleil plus beau;

— S'il ressuscite un jour; — si l'espérance est morte

Pour lui; — s'il doit errer toujours?... que vous importe!

O mes amis, plutôt donnez-vous au sommeil;

Faites comme l'enfant, dormez jusqu'au soleil;

Dormez, après avoir, à genoux sur la pierre,

Comme l'enfant encor, chanté quelque prière,

Et souri, comme lui, dans son petit berceau,

A la famille... Enfin, dormez comme l'oiseau.

LES VOIX

DU SIÈCLE.

—

LIVRE SECOND.

I.

QU'IMPORTE.

I.

J'avais alors seize ans : Il vint, dans la nuit sombre,
Au chevet de mon lit s'appuyer comme une ombre
Que de la tête aux pieds couvrait un voile noir !
  Douce , comme une voix de femme
Qui vous parle d'amour; sa voix me dit : — jeune ame,
Pars demain : dans un an je reviendrai te voir.

Il faudra dans un an me conter ton voyage,
Prendre une place aussi dans ce monde, où tout âge
Travaille et passe... Va... Quand tes yeux auront vu
Ce qu'on voit ici bas de joie et de misère,
Lorsque tes pieds auront trébuché sur la pierre,
Dis-moi ton avenir : — le temps sera venu ! —

II.

Avez-vous regardé, lorsque le jour se lève,
L'alouette partir vers le ciel :— en chantant,
  Joyeuse, elle monte et s'élève
Au milieu des rayons d'un soleil éclatant !

Oh ! alors elle est gaie, elle est vive, elle est folle,
  Elle chante à n'en plus finir;
Mais le vent de souffler, l'orage de venir;
Alouette et chanson, tout se perd et s'envole !

Je fus, comme l'oiseau, bien joyeux le matin,
Où je me suis jeté libre à travers la ville !
Mais le soir ! Oh ! le soir... j'étais triste et débile;
Et, comme un mendiant aux portes d'un festin,

Je mis sur mes genoux ma tête lourde et lasse,
Et je pleurai long-temps ; et je sentis au cœur
Ma peine s'agiter , se creuser une place
Chaque jour, chaque nuit , ainsi qu'un ver rongeur!

Et , lorsque j'eus fini mon exil volontaire ,
Tout pâle et soucieux je revins chez mon père !

III.

La nuit je fis ce rêve : — à genoux près du feu
Nous avions dit tout haut notre prière à Dieu !
Dans la chambre régnait un mystique silence :
Moi toujours sous le poids de la même souffrance ,
Et les yeux attachés sur les charbons noircis ,
Je songeais à ces jours par le deuil obcurcis ;
Et tous mes souvenirs se heurtaient dans ma tête ;
Ici c'étaient des cris de douleurs, là de fête ;
Et puis il ne restait qu'une image de mort
Dressée autour de moi , que des noyés au port !
J'avais peur !--

Et, bientôt, oubliant ma famille,

Ma pensée à grands pas me jeta dans la ville,

Centre de mes douleurs:— Alors je vis s'asseoir

Près de moi, comme une ombre avec un voile noir

Tombant jusqu'à ses pieds: — Douce, comme une femme

Qui vous parle d'amour, elle me dit : « — jeune ame,

Me voici : — maintenant que ton cœur a souffert,

Que le livre du monde à tes yeux est ouvert,

Dis, pauvre pélerin, quel chagrin dans la route

A jeté sur ton front cette pâleur? » —

« Le doute.

Le doute, affreux abîme, où confus et mêlé

Tout roule;— Ciel de nuit, qui n'est pas étoilé,

Où mon esprit se perd, où ma raison s'égare;

—Océan, où mon œil ne trouve pas de phare,

Pas d'horison;— Le doute, ombre qui me poursuit

Le jour, et qui grandit à mon chevet la nuit!

Hélas! Depuis un an que mon ame est flétrie!

—O toi, qui viens bercer ma sombre rêverie,

Sais-tu ce que j'ai vu?— J'ai vu dans la cité

(Oh! je m'en souviendrai toute une éternité)

Mourir des jeunes gens, — souffrir des jeunes femmes,
Si frêles qu'on les croit sœurs visibles des ames !
Oh ! j'ai vu les malheurs et leurs causes partout ;
Et j'ai perdu courage et j'ai douté de tout,
C'est que ces jeunes gens, étaient beaux et poètes,
Qu'ils avaient tous au front la marque des prophètes !
Vivants, je les ai vus, la tête dans la main,
Étouffer leur génie aux clameurs de la faim ;
Promener dans la rue un visage tout pâle,
Où le malheur creusait son empreinte fatale ;
Pleurer, sans un ami qui pleurât avec eux,
Qui leur fit espérer des instants plus heureux ;
Enfin, las de lasser l'envie et la misère,
S'abattre et s'endormir à jamais sur la pierre ;
Un surtout : — Emporté loin du toit paternel
Par un rêve d'enfant qu'il croyait éternel,
A l'âge de vingt ans il meurt, sans autres armes
Contre la pauvreté qu'un pain trempé de larmes ;
Son rêve était détruit ! ô mon Ymbert Gallois,
Mourir sans espérance à vingt ans ! — que de fois
Ta mémoire la nuit revint à ma pensée,
Avec toute ta vie en désespoirs passée !

10

Pauvre ami, s'il est vrai, que sur ce triste bord
Notre pâle fantôme habite après la mort,
Si tu cherches ici quelqu'un qui te comprenne,
Viens souvent près de moi, — ton ame, c'est la mienne !—

IV.

Alors je reposai mon esprit abattu :
    La famille muette
Pensait :— une voix dit :— eh bien, que feras-tu ?
    — Moi ?— Je serai poète :

Comme une abeille à qui l'on a volé son miel,
    Je referai mon rêve,
Mes anciennes cités, mon trône à l'éternel
    Avec une autre grève

A cadrer dans un ciel ou transparent et pur,
    Ou sombre de nuages,
A peupler de rubis et de vagues d'azur,
    Ou de tristes naufrages.

Amis, après cela que m'importe où va l'eau,

    Où le torrent s'écoule ;

Si c'est un vaste empire, un enfant au berceau,

    Une paille qu'il roule ?

Si le vieil univers, tout prêt à s'affaisser,

    Vient frapper à ma porte :

—Ouvre ; je suis bien las :— Je veux me reposer ! —

    Je dirai :—que m'importe !

Passe : — Mon pont levis ne s'abat que pour Dieu !

    C'est lui seul que j'écoute !

Fidèle, je lui garde un siége au coin du feu !

    Mais toi... passe ta route ! —

Et l'ombre, que partout couvrait un voile noir,

Me dit son nom tout bas ! — Et mon ame saisie

S'émut ! — Et je la vis sur les ailes du soir

    Partir ! — C'était la poésie.

II.

A TRAVERS CHAMPS.

« En route, destrier! — Minuit
« Jette ses douze coups dans l'ombre;
« Aucune étoile au ciel ne luit!
« Partons... le ciel est morne et sombre! — »

Et docile à la voix du jeune cavalier,
Il vole sur l'herbe qu'il frise;
Dans le vallon obscur, ainsi qu'un long cimier,
Flotte au vent sa crinière grise!

« Comme la terre sous tes piés

« S'enfuit... J'aime que l'étincelle

« Jaillisse des cailloux broyés,

« Que l'écume à ton frein ruisselle! — »

Et docile à la voix du jeune cavalier,

Son pied fait jaillir l'étincelle;

Et la terre s'enfuit; et sur son frein d'acier

L'écume en flocons ruisselle !

« Sois rapide, comme le vent,

« Lorsque la tempête résonne !

« Mon beau fils, cours en soulevant

« La poussière qui tourbillonne! —

Et docile à la voix du jeune cavalier,

Mieux que le vent dans un orage,

Il court en soulevant là bas dans le sentier

La poussière sur son passage!

« Ainsi que la balle et l'éclair,

« Allons, enfonce-toi dans l'ombre!

« Vois... aucune étoile dans l'air!....

« Partout le ciel est morne et sombre! »

Et docile à la voix du jeune cavalier,

    Comme la balle dans l'espace,

Ou l'éclair dans le ciel, le fougueux destrier

    S'élance en bondissant, et passe.

III.

NAPOLÉON ET LE MONDE.

I.

Minuit sonne au beffroi : — Le vaste cimetière
S'illumina partout d'une rouge lumière;
Le terrein s'allongea; la muraille grandit;
Un nuage au-dessus en voile s'étendit;
Puis, sortit de la terre un sourd et long murmure,
Comme le son lointain du fer contre une armure.

Soudain le sol s'ouvrit : — de l'abîme béant

S'élança d'un seul bond un superbe géant,

Tout armé ; — sa figure était terrible et fière ; —

Sur le haut de son casque une rouge crinière,

Pareille dans la nuit au météore ardent,

S'allongeait, et courait sur son dos, étendant

Un sillon enflammé ; — la farouche prunelle

De ses yeux reluisait ainsi qu'une étincelle ; —

On voyait sur sa tête un panache de feu

Briller et s'agiter, comme sur le front bleu

Du Vésuve apparaît la flamboyante aigrette,

Dont il aime à parer ses jours de grande fête ; —

Un manteau noir et blanc, sur ses reins déroulé,

Semble un nuage gris par endroits étoilé ; —

Et dans sa large main la lame toute nue

Allait, comme un éclair, s'aiguiser dans la nue !

— Toujours le même bruit dans le gouffre sans fond !

— Voici que de son sein tournoyant et profond

Il rejette au guerrier un charriot de fer,

Qui, dans l'espace obscur, roulant comme un tonnerre,

Bondit sur la muraille; — et puis à l'œil hagard

Deux griffons; — Sur leur dos, tel le noir étendard

Du giaour, guettant sa victime dans l'ombre,

S'agite, impatiente, une aile large et sombre!

Puis cet abîme affreux se referme sans bruit : —

Tout se tait : — seul alors au milieu de la nuit

S'élève le géant, sur son glaive immobile,

Comme un grand clocher noir au milieu d'une ville!

— Il parait écouter : — un murmure de voix,

Comme le vent du soir au-dessus d'un grand bois,

Comme un chant, un soupir, une lente prière,

Etrange amas de mots, lève la lourde pierre

Des tombeaux : — on dirait un enfant qui s'endort,

Ou le son éloigné des cloches pour un mort!

— Le géant à ce bruit frappe du pied la terre,

S'élance sur son char, et pousse un cri de guerre :

— Puis, comme un tourbillon, tout part; — et dans la nuit,

On ne voit qu'un réseau de flamme qui reluit!

II.

Il chante — et ce qu'il chante autour de ces lieux sombres
Semble un concert lointain des infernales ombres;
— Et les chauves-souris s'accouplent au vautours;
— Et des oiseaux de nuit, la hideuse volée
Entoure son front gris d'une couronne ailée;
— Et le char sur le mur roule, roule toujours!

Et les morts à sa voix s'échappent de la tombe;
— De leur corps décharné le linceul glisse et tombe;
Comme une sentinelle arrachée au sommeil
Tout se lève; — et bientot, dans ce lieu funéraire,
Qui tout à l'heure était tranquille et solitaire,
    S'émeut comme un camp au réveil!

— Et puis, lorsque chacun s'est couvert de ses armes,
Lorsque la voix des chefs pousse le cri d'alarmes,
Tout s'ébranle; — et l'on voit comme deux grands vautours
Avant de s'attaquer dans l'air, les deux armées

Balancer en marchant leurs têtes enflammées; —
Et le char sur le mur roule, roule toujours.

III.

Mais dominant le bruit de l'ardente bataille,
Lui, tout droit sur son char, qui courbe la muraille,
Jette à l'air en émoi ses chants : — et de sa main,
Semblable au front d'un chêne à travers le chemin,
Il couvre du combat la carrière élargie;
— Il chante! — Et ce qu'il chante, ainsi que par magie,
Se fait; — et sous la terre on entend des bruits sourds!
— Et le char sur le mur roule, roule toujours :

    — « Point-de délai : — la nuit est prompte ;
    Bientot le jour la chassera!
    Enfer!. — Ce serait une honte
    De reposer : — car ce sera
    Belle chose que la bataille,
    Qui va contre cette muraille
    Se briser en hurlant; — et moi,
    Sous le noir drapeau, qui dans l'ombre

Livre au vent ses replis sans nombre,
Je vais chanter ce que je vois!

J'aime un combat, où le carnage
Vient dresser, comme un rouge mât,
Sa tête hideuse et sauvage,
Et parmi les morts se débat;
— Où le sang anime; — où le glaive
Toujours et s'abaisse et s'élève;
— Où du mourant le bras tendu
Frappe, se plie et se ramasse;
— Où du sol, en demandant grâce,
Il lève son crâne fendu!

— Où tout se confond et tournoie;
— Où le rapide cavalier
D'un seul bond plane sur sa proie,
Et la foule sous son coursier;
— Où le bras furieux allonge
La dague, qu'en pointe il prolonge,
Et qu'il enfonce dans le flanc;
— Où les blasphèmes et la plainte

Au-dessus de l'horrible enceinte
Montent sur un voile de sang;

— Où l'on se brave et se menace;
— Où l'œil enflammé, qui se fend
Tout rouge, fixe à la cuirasse
La place que rien ne défend;
— Où la main sautille, et crispée
Semble encore chercher l'épée;
— Où tout est hasard; — où la mort
Relève enfin sa tête chauve,
Et jetant au loin son œil fauve,
Rit, en voyant que tout est mort!

Alors sous les reflets tremblans de la lumière
Disparurent enfin l'armée et le géant;
La tombe lentement ferma sa lourde pierre;
        Dans l'immobile cimetière
Je vis des ossemens, des croix et le néant!

IV.

MON POIGNARD.

Qu'un autre ait une femme au séduisant regard,
Un démon, qui le tienne en un doux esclavage;
Qu'il ait, pour fendre l'air, un brillant équipage,
Des chiens et des valets sous ses pieds, quand il part!

— Mais moi, sous le soleil, je ne veux qu'un poignard,
Car je n'ai pas besoin d'un si pesant bagage;
Et, lorsque j'entreprends un périlleux voyage,
Je le pends à mon flanc, et je marche au hasard!

Mon poignard, dans la nuit, près du feu qui pétille,
Si j'agite ta lame, un rouge éclair scintille
Dans mon œil, et je sens ma force qui grandit!

Oh! je voudrais alors errer dans la montagne,
Libre comme la vague, être un rude bandit,
Et pour domaine avoir les Sierra d'Espagne!

PENDANT L'ORAGE.

Pauvre petit oiseau, ta retraite est mouillée ;
Sous le froid de l'hiver la branche est effeuillée :
      Dis-moi, pauvre petit,
Où vas-tu t'abriter ? — Vois... l'ouragan arrive ;
Et son souffle déjà fait sauter sur la rive
      Le flot qui retentit !

Où chercher un abri pour ton aile qui tremble ?
— Une feuille est encor suspendue à ce tremble ;

Viens vîte t'y cacher !

— Malheur ! — Un coup de vent la ravit sous la nue,

Et partout la campagne apparaît triste et nue,

Comme un front de rocher !

Que vas tu devenir seul, contre le nuage ?

Perché sur ce rameau si faible, que l'orage

Bientôt l'emportera,

Crois-tu rester ainsi jusqu'après la tempête ?

Crois-tu que ce grand vent, qui bruït et tempête,

Ici t'épargnera ?

Oh... non, tu ne pourras tenir contre la grêle ;

Viens vîte ranimer ton corps humide et frêle

Sous mon pauvre manteau !

— Ne crains rien ! — Car je suis, comme toi, sans asile ;

Car pour le malheureux le mal est difficile !

— Viens, mon petit oiseau !

— Ne crains rien ! — J'ai souffert ! — Et j'ai vu, sur ma tête

Un orage enlever mes rêves de poète,

Sans avoir, comme toi,

Un être, qui gémit en voyant ma souffrance,
Qui voulut dans mon cœur ramener l'espérance,
　　　Et pleurât près de moi !

— Ne crains rien ! — Car, avant de descendre à la tombe,
Je veux tendre la main au délaissé qui tombe,
　　　Sauver le malheureux !
Car le Seigneur a dit dans son saint Évangile :
— Je bénirai celui qui, petit et fragile,
　　　Aura fait un heureux ! —

Écoute autour de nous, comme l'orage gronde !
Viens vîte !.. car je suis ton frère dans ce monde !
　　　A toi le vent des airs,
Mais à moi l'ouragan de mépris et de haines,
Que jettent sur mon front les passions humaines !
　　　A nous deux les déserts !

VI.

TRISTESSE.

I.

Pourquoi donc rencontrer à chacun de mes pas
L'étrange souvenir d'un bonheur qui n'est pas?
D'où me vient, ô mon Dieu, cette tristesse amère
Qui jusque dans mon cœur étouffe la prière?

Amis, conduisez-moi sur les monts, dans les champs
Pour regarder le ciel, pour écouter ces chants

Que les oiseaux, le vent, la cité qui sommeille,
Murmurent à cette heure, où le poète veille !
Non... non... conduisez-moi bien loin dans les forêts,
Et que mon jeune front soit couvert de cyprès !
Eloignez de mes yeux tout objet qui rappelle
La joie et le bonheur ! — Que l'un de vous épèle
Cet hymne de douleurs, le lent *De profundis !*
Oh ! parlez-moi du ciel et de son paradis !
Tout près de moi rangés, ainsi que des fantômes,
De la messe des morts psalmodiez les psaumes ;
Et, quand vous me verrez sans couleur et sans voix,
Venez entremêler tous vos bras à la fois ;
Et toujours en chantant, à l'heure où la nuit tombe,
Portez, portez bien loin mon corps dans une tombe ;
Et lorsqu'autour de moi vous aurez à genoux
Redit une prière, amis, dispersez-vous !

II.

Oh ! mes jeunes amis, qui pleurez quand je pleure,
— Dont le cœur excellent se souvient à toute heure,
— Dont le sommeil est calme, et dont les jours sont purs,
— Autels, que n'ont jamais profanés les impurs ! —

— O vous, mes bons amis, qui, dans votre jeunesse,

Priez, que le soleil ou se couche ou renaisse, —

Ecoutez-moi : — Prenez toujours une moitié

Dans les peines d'un autre ! — Ayez toujours pitié !

— Mais, si vous rencontrez une grande souffrance,

Trouvez, trouvez pour elle un beau chant d'espérance !

— Amis, vous l'avez dit : — C'est un bien grand bonheur,

Quand on est attristé de rêver le Seigneur,

— De croire, — et de pouvoir, sur un autel en chêne,

Déposer, comme offrande, une part de sa peine !

— C'est un si grand bonheur de courber deux genoux,

Et devant une croix de prier comme nous !

VII.

AME ET PENSÉE.

I.

Il est des jours , où l'ame oublieuse , insensée ,
Loin du vallon des pleurs ravit notre pensée !
C'est un demi-sommeil, où passe sous nos yeux
Tout ce que notre enfance a rêvé dans les cieux !
Nous voyons voltiger à travers les charmilles,
Comme de blancs oiseaux, des chœurs de jeunes filles !

Et puis en tournoyant ils s'élèvent en l'air,

Montent, montent toujours, passent comme l'éclair ;

Et notre œil les poursuit au fond d'un ciel sans voiles,

Où tous en même temps se changent en étoiles,

Et penchent sur nos fronts un regard amoureux !

    — Oh ! nous sommes heureux !

Alors notre ame, ainsi qu'une jeune hirondelle,

Dans les plaines de l'air s'élance, et bat de l'aile !

Elle vogue, elle monte ; — et le vent plus léger

La soulève, la berce et la fait voyager

Au hasard : — quand elle a suivi sa fantaisie,

Et flotté sous la nue avec la poésie ;

Qu'elle a, comme un enfant environné de fleurs,

Fini par oublier la terre et ses douleurs,

Et pris un doux baiser à toutes les étoiles ;

Ardente, ambitieuse, elle entre à pleines voiles

Dans le ciel... et poursuit son vol aventureux ?

    — Oh ! nous sommes heureux !

Car elle voit au ciel les vierges et les anges,

Les saints et les martyrs, et les plus beaux archanges

Que jamais elle ait vus, toute enfant au berceau !

— Car elle voit, ayant un lumineux réseau

Sur son front, autour d'elle une foule qui prie,

La mère de Jésus, ou la vierge Marie !

Marie, ô doux symbole et d'espoir et d'amour,

Qui doit prier pour elle, et la sauver, au jour

Où le Seigneur devant son tribunal austère,

Pour bénir ou maudire assemblera la terre !

Marie, abri du pauvre, arche du malheureux !

      — Oh ! nous sommes heureux !

Et notre ame, égarée au-delà de la nue,

Croit à ce doux amour d'une forme inconnue,

A cet amour, que l'homme, et poète et rêveur,

Pour le cacher au monde, enferme dans son cœur !

Elle croit à l'amour que le Seigneur inspire,

A cet amour souvent couronné d'un martyre,

Amour pur et divin, que le peuple ici-bas,

Impur blasphémateur, raille et ne comprend pas !

Elle croit à ces mots : de famille et patrie,

A toute chose, auprès de la vierge Marie,

A l'ame sur la terre, à l'ame dans les cieux !

— Oh! nous sommes heureux !

II.

Bénis ces jours où l'ame oublieuse, insensée,
Loin du vallon des pleurs ravit notre pensée!
   — Car tandis qu'en rêvant
Elle voit voltiger à travers les charmilles
Comme de blancs oiseaux, des chœurs de jeunes filles,
   Plus légers que le vent;

Tandis qu'elle poursuit au hasard dans l'espace,
Sur l'aile d'un nuage ou d'un rayon qui passe,
   Ces groupes gracieux;
Qu'elle aperçoit leur corps et leurs robes flottantes
Se changer tout-a-coup en étoiles brillantes
   Sous la voûte des cieux;

Tandis que dans les rangs d'une foule qui prie,
Elle adore, à genoux, le beau front de Marie,

L'ame ne songe pas
Dans ces palais de Dieu, tout rempli de prières,
A ce qu'elle a laissé de douleurs, de misères,
De dégouts ici bas!

Elle ne songe point à l'homme qui blasphème,
Qui pleure, qui maudit, et s'aveugle lui-même
Sur son éternité!
Elle ne songe point à l'étrange murmure,
Bourdonnant dans le sein de cette foule impure,
Qu'on nomme humanité!

Humanité! — Jamais par les vents tourmentée,
Jamais loin de ses bords bruyamment emportée,
La mer, la vaste mer
Ne peut ni soulever, quelqu'affreux temps qu'il fasse,
Ni rejeter autant de boue à sa surface,
Et d'écume dans l'air!

Jamais on n'entendit dans le plus sombre orage,
Au moment, où la mort nivèle tout courage

D'aussi terribles cris!

Non la mer n'a jamais dans ses profonds abîmes

Absorbé plus de sang, enfoui plus de crimes,

Roulé plus de débris!

Humanité!— Grand Dieu, lorsque au fond de la tombe

Accroupie et tremblante, il faudra qu'elle tombe,

Lorsque Dieu sans retour,

Déchirera le voile, où s'abrite sa tête,

Et qu'elle apparaîtra, comme le temps l'a faite,

Toute nue, au grand jour!....

Marie, ô sainte mère, intercédez pour elle!

Assemblez des martyres la cohorte fidèle,

Et priez à genoux!

Plutôt que de lancer l'éternel anathême,

Versez sur ses péchés l'eau pure du baptême!

Seigneur pardonnez-nous!

III.

Bénis ces jours, où l'ame oublieuse, insensée,

Loin du vallon des pleurs ravit notre pensée!

VIII.

LE LIVRE ET L'AVENIR.

I.

Ami, que ta parole était grave et sévère,

Lorsque, sondant de l'œil le ténébreux cratère,

Où l'avenir sommeille invisible à nous tous ;

Et poursuivant peut-être un beau rêve de gloire,

Que tu voyais écrit aux pages de l'histoire,

Tu me disais hier, le front dans les genoux :

— « Que deviendra mon œuvre, abandonnée au monde?

« Que deviendra mon nom dans le torrent qui gronde?

« Comme un pauvre roseau, sera-t-il emporté?

« Tombera-t-il sitôt au profond de l'abîme?

« Ira-t-il, où s'en va ce qui vogue ou s'abime

    « Pour une éternité!

« L'avenir, dont le voile est pendu sur ma tête,

« Comme aux cieux un nuage enfermant la tempête,

« Voudra-t-il me compter parmi tous ses élus?

« A partir de ce jour, ma pensée est à l'homme :

« Croyances, doutes, foi, craintes, tout ce qu'il nomme

« Ma vie, est à lui seul et ne m'appartient plus!

« Puis qui sait? — Dans ce monde où tout est ironie,

« Où le temple est souillé, la croyance honnie,

« Où tout être pensant proclame le néant,

« Dans ce monde maudit saura-t-on me comprendre?

« Ma parole de paix se fera t-elle entendre

    « Sur ce gouffre béant?

« On ne pourrait tirer une ame d'une pierre!

« Qu'importe aux animaux la sublime prière

« Du cénobite errant au milieu du désert?

« Qu'importe à notre siècle une voix de prophète?

« Il demande en riant, s'il rencontre un poète :

« — Que vient-il faire ici ? — Consoler!—A quoi sert?—

« Dans des siècles pareils souvent une ame est veuve!

« As-tu lancé parfois dans le courant d'un fleuve

« Un caillou : — l'eau se courbe et se plisse en anneaux!

« Et puis as-tu revu, quand partout sa surface

« Se lisse et s'aplanit comme un miroir de glace,

   « Le caillou sous les eaux ?

« Non! — Car il est couché dans la fange fétide;

« Et le fleuve a repris son cours pur et limpide!

« C'est ainsi que s'en va le génie aujourd'hui!

« Le monde un peu troublé par ce caillou qui tombe,

« Bien loin assez souvent arrondit une tombe,

« Et, sans plus y songer, se referme sur lui!

« Si je dois, en naissant, mourir, comme tant d'autres,

« Ou bien mêler ma voix à celle des apôtres,

« Que le monde toujours entend, sans écouter,

« Je me dirai : — qu'importe à l'oiseau sur la branche,

« Quand le soleil levant sur les forêts s'épanche,

     « S'il est seul à chanter!

« Dans ce siècle, où chacun s'arme du ridicule,

« Qu'importe le mépris de la foule incrédule,

« Au prêtre agenouillé devant le saint autel!

« Car son ame a brisé la terrestre barrière;

« Et, comme la chanson de l'oiseau, sa prière,

« Simple et douce au seigneur, s'envole et monte au ciel.

II.

Jetés dans un ravin, qu'un rocher me couronne,

Regardons par delà ce qui nous environne,

Et lançons notre esprit aux champs de l'avenir!

Ne désespérons pas... Nous verrons sur la terre

Au jour marqué par Dieu s'accomplir un mystère.

      Et la foi revenir!

Chacun se souviendra de ta jeune parole!...

Tu surgiras de terre avec une auréole;

Et la foule, à genoux devant ton œil de feu,

Voudra sur le passé déployer un beau voile,

Et, posant sur ton front la plus brillante étoile,

Te dira de moitié dans les desseins de Dieu !

IX.

LE CRI DU POÉTE.

J'aime, quand je vous vois chercher dans notre histoire,
Quelques vieux souvenirs de ces beaux temps passés,
Et rajeunir des faits par la rouille effacés,
Qu'ils soient tachés de boue ou splendides de gloire!

J'aime, quand vous semez vos rêves enlacés
Parmi votre orient si beau, qu'on n'y peut croire,
Ou bien, lorsque je vois, comme une bande noire
De grands oiseaux, vos vers en strophes cadencés!

J'aime, quand vous allez ramasser une feuille

Sous l'arbre, qu'à l'automne un vent brumeux effeuille,

Ou, comme un chevalier marchant la lance au poing,

Vous présenter à tous dans l'arène tracée,

Pour épée au combat portant votre pensée,

Et nous crier : — je suis de fer et ne romps point !

X.

GÉNIE, IMMORTALITÉ.

I.

O poètes, comment avez-vous dans un rêve
Vu paraître Ossian? — Comment l'avez-vous vu?
Est-ce le luth en main, courant sur une grève,
Ou debout sur un roc par les ondes battu?

Avez-vous entendu sa voix mâle et sévère
Jeter aux vents, aux flots sa pensée? — Avez-vous

Contemplé sur son front largé comme un cratère,
Le doigt du tout-puissant, dont il vous marque tous?

Est-il beau comme un ange? — est-il grand comme un chêne,
Quand il secoue au vent ses cheveux longs et blancs?
Vous a-t-il fait trembler, quand l'orage déchaîne
Les éclairs endormis entre ses larges flancs?

Qu'alors il apparaît debout sur la montagne,
Les deux bras étendus vers la mer qui bondit,
Et que l'écho répète à travers la campagne,
Comme une voix d'en haut, le beau chant qu'il a dit?

Répondez : — Quel pays, et quel lointain rivage
Votre esprit lui donna pour vivre et pour penser?
Est-ce dans quelque lieu bien triste et bien sauvage,
Ou dans une oasis qu'il aimait à passer?

L'avez-vous encor vu mourir dans votre songe?
Son œil était-il calme et son front aplani?
Ou sentait-il au cœur cette main qui nous ronge;
Que moi j'appelle doute, et les autres ennui?

II.

Bien jeune, je me le rappelle,
— C'était dans un cercle riant, —
Assis près de l'âtre fidèle,
Où brillait la rouge étincelle,
J'entendis parler d'Ossian :

A ce nom, de la rêverie
La pente bien loin m'entraîna,
Comme un torrent dans la prairie
Entraîne la branche fleurie
De l'arbre qu'il déracina.

Alors, j'aperçus le poète,
Le poète inspiré de Dieu,
Sur un mont, ayant à sa tête,
Comme au ciel l'ardente comète,
Une rouge crête de feu !

Il chantait : — Au sein de l'orage

Sa forte voix retentissait ;

Et sur l'aile d'un nuage,

Vers le plus éloigné rivage

Je l'entendais qui s'élançait !

III.

Oh ! mes amis, depuis j'ai revu le poète !

C'était pendant ces nuits où seul dans ma retraite,

Découvrant le linceul des peuples en renom,

Pesant dans ma pensée un grand homme, un grand nom,

Je demande en tremblant aux pages de l'histoire

Si, sans passer pour fou, le poète peut croire

A ces mots de génie et d'immortalité,

Et penser que Dieu fut ou n'a jamais été !

Alors il m'apparaît, lorsque ma foi succombe,

Non pas sur un rocher, mais auprès de sa tombe,

Où debout et le bras étendu vers le ciel :

— A genoux, me dit-il, et crois à l'Eternel ! —

Puis sur des ailes d'or il traverse l'espace ;

Et, le suivant des yeux, je vois, pendant qu'il passe,

Une invisible main attacher à son front

Ces lettres : — Ossian,... les hommes te liront ! —

XI.

L'ENFANT DU DIX-HUITIÈME SIÈCLE.

I.

Un jour, dans le désert brûlé par le soleil,
Un vieillard tout ridé dormait; et son sommeil
Paraissait agité par un pénible songe :
— « Me voilà, disait-il, vieux et faible à présent;
Et je n'en sais pas plus qu'un enfant en naissant :
Pourtant j'ai bien sondé l'abîme où je me plonge !

J'ai combattu sans peur les dégoûts, les ennuis ;

J'ai passé bien des jours, j'ai veillé bien des nuits

A lire et méditer ceux qu'on appelle sages;

J'ai parcouru la terre, et sur les nations

J'ai vu se balotter les révolutions,

Comme on voit dans le ciel marcher de grands orages!

Sur les glaces du nord, et sous un ciel en feu,

J'ai partout et dans tout cherché la main de Dieu!

J'ai tout fait pour comprendre et percer le mystère

Dont on environna cette chose en renom !

Mais je n'ai rien connu ; — toujours le même nom

A mon esprit revient, obscur et solitaire !

Rien, rien qu'un mot! souvent, après avoir pensé,

Je me suis endormi, le corps tout harassé !

Alors à mon chevet se dressait ce problème;

Et je me demandais encor : — Qu'est-ce que Dieu?

Est-ce un être? est-ce un mot?—que fait-il?—en quel lieu?

Pour le chercher ainsi, que suis-je donc moi-même?

Rien, rien ne répondait au milieu de mes nuits !

Comme un quartier de roche envoyé dans un puits,

J'écoutais dans ce mot descendre ma pensée !

Je l'entendais rouler en spirales sans fond,

Et remonter aussi de ce gouffre profond,

Pour frapper les parois de ma tête affaissée !

De plus, après avoir erré sur tous les bords,

J'ai fouillé les tombeaux, troublé la paix des morts ;

Et sur des ossemens j'ai tenté de résoudre

Cet énigme, fuyant sans cesse sous mes yeux ;

Mais, las et fatigué, j'ai regardé les cieux !

Dans la cité des morts je n'ai trouvé que poudre !

Et je n'ai rien connu ! — Depuis quatre-vingts ans

Que je regarde ici, que je vis, que je sens,

Je traîne à mes talons le doute qui dévore;

Lourd boulet qui m'attache ainsi qu'un prisonnier,

Et pourtant malgré moi, je n'ose pas nier,

Ni prêcher le néant, ni blasphêmer encore ! — »

— Il se tut : et son sein se levait, s'abaissait :

Lors une caravane auprès de lui passait ;

Et les bruns pélerins dressèrent une tente :

Au bruit du campement le vieillard s'éveilla,

Et dit : — Qu'est-ce que Dieu ? j'en reviens toujours là ;

C'est toujours le démon qui me suit et me tente !

Et puis il aperçoit un rond de turbans blancs,

D'où sort cette fumée en nuages tremblans;

Dessous des fronts hâlés, des visages crédules!

Il contemple ce cercle avec étonnement;

Sur leurs jambes assis, tous fument gravement,

Comme des sénateurs posés dans leurs curules!

Tous, les regards baissés, restent silencieux,

Et, pour apercevoir le vieillard soucieux,

Semblent trop occupés de leur pipe enflammée;

Mais il leur demanda : — qu'est-ce que Mahomet? —

Et, chacun aspirant le feu du calumet,

Le regarda, tout grave, et poussa la fumée!

Puis une seule voix répondit au milieu :

— C'est dans notre al-koran le prophète de Dieu :

Il jouit dans le ciel d'une éternelle gloire!

Il faut, trois fois par jour, le prier à genoux;

Et parmi le désert son œil veille sur nous;

— C'est ce que dit l'Iman, et je veux bien le croire! —

II.

— Le vieillard inclina son visage cuivré,

Et s'écria tout haut : — maintenant je croirai!

III.

Je croirai, comme aux temps heureux de mon enfance,

Où je n'avais jamais déposé ma croyance

Dans le tamis du monde, et confié ma foi;

Où je ne tremblais pas devant le ridicule;

Où je n'avais jamais, dans mon esprit crédule

Remonté vers la source, éveillé le pourquoi!

Que je croyais alors ! — sans soucis, sans envie
D'en connaître plus long, je traversais la vie,
Et voyais le bonheur à mes côtés s'asseoir,
Tout le jour ! — Et, la nuit, je m'endormais tranquille,
Quand, dévot et pieux, j'avais dit en famille
     La prière du soir !

Mais sitôt que le doute eût troué ma poitrine,
Mon corps devint plus sec qu'une vieille racine,
Et je voulus savoir ! — Lorsque le premier pas
Est fait dans cette voie, on va vîte, on se tue;
Et notre ame sans foi demande à chaque nue
Le mystère d'un Dieu, qu'elle ne comprend pas !

Alors malheur, malheur sur elle ! — Car le monde
N'étale plus partout que misère profonde !
Et toujours enfoncé dans le gouffre béant,
L'esprit de l'homme, ouvrant ses yeux ternes et sombres,
Marche avec une cour de fantômes et d'ombres,
     Sans voir que le néant !

Je croirai maintenant : — car seul avec le doute,

On risque trop souvent de s'égarer en route!

Car il faut croire à Dieu, quand on veut le chercher!

Sinon, comme un aveugle, on marche à l'aventure';

Et plus on fait de pas plus la nuit est obscure;

Plus s'éloigne le but que la main veut toucher.

XII.

MISSION, AMOUR ET POÉSIE.

I.

Plus de bruit! — Plus de foule! — Enfin me voilà seul! —
Réveille-toi, Michel! — déchire ton linceul;
Oh! ranime un instant ta poudre séculaire;
Brise d'un coup de front la pierre tumulaire;
Comme Dieu, ressuscite! — O Michel, viens à moi;
Apparais, apparais non pas comme un fantôme,
Mais comme on t'admirait dans Saint-Pierre de Rome!
    Michel-Ange, réveille-toi!

O grand peintre, debout ! — Debout devant la toile,

Avec tout ton génie, assis, comme une étoile...

Non... non... comme un soleil, sur ton front surhumain !

Debout, Michel ! Debout, tes pinceaux à la main !

Debout avec tes yeux éclatans ! — A l'ouvrage !

— Mêle dans ton cerveau les rires et les pleurs !

Jette tout sur la toile : — extases et douleurs,

   · Cris de triomphe et cris de rage !

Laisse, oh ! laisse, Michel, tes longs cheveux épars

Sous le souffle de Dieu flotter de toutes parts !

A l'ouvrage... Je vois se gonfler ta poitrine...

L'éclair est dans tes yeux, et ton front s'illumine...

Accourez tous... voyez... Corrège et Raphaël...

Il jette, comme Dieu la foudre et la tempête,

La pensée, à grands flots, qui roule dans sa tête,

   Comme un orage dans le ciel !

Voyez à l'occident le ciel qui se déroule,

Comme une mer de sang... et le soleil qui roule

Au hasard... Dans la nuit, pâle comme l'étain,

La lune par ici semble un charbon éteint,

Qui fume... Dans le fond à travers les ténèbres

Voyez-vous; voyez-vous tous ces ramas impurs

De peuple, échelonné sur les toits, sur les murs,

    Et poussant des clameurs funèbres!

En avant le grand prêtre, avec ses longs habits,

Dont l'obscurité fait ruisseler les rubis...

Des chefs sur leurs chevaux, à la tête des troupes,

Des lévites en masse,... et des femmes en groupes,

Qui pleurent!... Sur trois croix trois hommes attachés,...

Puis des soupirs,... et puis des membres qui se tirent;...

Puis des sanglots... et puis des chairs qui se déchirent...

    Des cris par la rage arrachés!

II.

Tout à coup ta main tremble; et ton front se balance,

Michel-Ange! — Ecoutez... Des larmes... Oh! silence!...

Il parle : — « Magdeleine, oh pauvre femme en pleurs,

 « Quel œil pourrait sonder le puits de tes douleurs;

« Et quelle main tracea l'ombre que les souffrances

« Jettent sur ton beau front, jettent sur tes beaux yeux!

« Non... non... car il n'est pas un cœur, qui sous les cieux

    « Soit assez pauvre d'espérances!

« Aux pieds de cette croix, où d'autres souffriront,

« Abaisse tes beaux yeux, abaisse ton beau front!

« Sur le sol tout sanglant laisse tomber ta tête! —

« Hélas! pauvre roseau, battu par la tempête,

« Brise-toi!.. Blonds cheveux, poussière du soleil,

« Comme une lame d'eau, coulez jusques à terre! —

« Magdeleine, — bientôt finira le mystère! —

    « Endors-toi du dernier sommeil!

« Hélas! il va mourir : oh! pleure, et perds courage,

« Comme la faible branche au milieu de l'orage,

« Brise-toi, Magdeleine! — Hélas! que de sanglots!

« Les larmes de tes yeux s'écoulent à grands flots;

« Et tu frappes le sol de ta tête tremblante!

« Meurs bien vite... sinon long-temps tu souffriras!..

« Magdeleine, il est temps! — serre entre tes deux bras

    « Le pied de cette croix sanglante! —

« Et vous, ô fils de Dieu, vous, amour, charité ;

« Vous, qui pour l'avenir sauvez l'humanité ;

« Qui ranimez la vie au milieu des ruines ;

« Qui sous votre beau front, crevé par les épines,

« Écoutez murmurer un monde tout nouveau ;

« — Monde qui doit bientôt, sublime de croyance,

« Fort de votre martyre et de sa conscience,

    « Surgir avec vous du tombeau ;

« Jésus-Christ, que doit-il se passer dans votre ame ? —

« Si votre oreille entend pleurer la pauvre femme,

« Dans quel deuil votre cœur doit-il être abimé !

« C'est-elle, ô Jésus-Christ, qui vous a tant aimé ;

« Elle, qui vous suivit au désert, dans la plaine,

« Pendant vos chastes nuits, pendant vos mauvais jours ;

« Elle, qui dans son cœur vous aimera toujours ! —

    « O Jésus-Christ, c'est Magdeleine !

« Magdeleine... à ce nom vous entr'ouvrez les yeux...

« Vous soupirez, ô Christ... vous regardez les cieux !

« Magdeleine... ce nom, souvenir et mystère,

« Que votre ame là haut emporte de la terre ! —

« Abaissez votre front d'épines couronné,

« Votre front, d'où le sang et s'échappe et ruisselle...

« Votre front de martyr, abaissez-le vers elle,

    « O Christ ! — le monde est pardonné ! — »

III.

Et maintenant, rochers, secouez tous vos cîmes ;

Fleuves, torrens et mers, grondez dans vos abîmes ;

Soleil, disparaîssez ; cieux, obscurcissez-vous ;

Terre, tremblez d'effroi ; vous, peuples, à genoux !...

La nuit, la peur partout ; — que le voile du temple

Au sein de la cité se déchire en lambeaux ; —

Trépassés, voici l'heure ; — entr'ouvrez vos tombeaux ; —

    Car Dieu le père vous contemple ! —

Car le monde, aujourd'hui souillé comme autrefois,

N'écoute plus, Seigneur, votre fils ni sa voix.

Enfans qui tremblottez sur le sein de vos mères,

Oh! n'oubliez jamais son nom dans vos prières !

Priez pour le martyr ; priez pour l'innocent !
Monde, qu'il a sauvé, priez qu'il vous pardonne !
Vous, qui le blasphêmez, oh! priez qu'il vous donne
    Encore un baptême de sang ! —

Michel-Ange, à présent, retourne dans la tombe ;
Sur ton corps et ton front que le linceul retombe !
Aux mains du mendiant tu jetas un denier,
C'est bien ! — attends le jour du jugement dernier,
Où, porté dans le ciel, sur les ailes de l'ange,
Tu verras tous les saints se ranger sur tes pas,
Comme devant un prince, et murmurer tout bas :

    Christ, Magdeleine et Michel-Ange ! —

XIII.

SUR LE RIVAGE.

I.

Ami, caché dans ma retraite,
Refaisant mon rêve détruit,
J'écoute plus d'une tempête
Gronder sur ma tête à grand bruit ;
Mais tranquille, au sein de l'orage,
Je laisse passer le nuage

Qui porte le monde au néant ;

Plus d'une fois quand cette foule

Au loin bruit et se déroule,

Je reconnus ton front géant !

Oh ! que ta figure était pâle !

Que tes yeux étaient abattus !

Tes plats cheveux par la rafale,

Toujours soulevés et battus,

Flottaient sur ta tempe amaigrie ;

Ta voix murmurait : — ô patrie,

Pleure ta jeune liberté !

D'un tyran l'orgueilleuse audace

Maintenant se dresse et menace

Sur ton cadavre ensanglanté ! —

II.

Pauvre enfant, tu donnais une ame généreuse

A ces hommes trompeurs que l'ambition creuse,

Chiens de luxe, jappant sur les talons d'un roi ;

Tu disais : dans ces cœurs la patrie est heureuse !

Tu les faisais beaux comme toi !

Maudits, maudits soient-ils ! écoute ma parole...

Seul je serai pour toi cet ami qui console,

Ton bon ange... mes pleurs se mêleront aux tiens ;

Oh ! reviens ! — laisse-là tout un monde frivole

    Pour de sublimes entretiens.

Dans le désert, ami, tu rêveras ton rêve

Au murmure du flot qui gémit sur la grève,

Au chant mélodieux de l'oiseau dans son nid,

Au bruit de l'ouragan qui bondit et s'élève

    Sur la montagne de granit !

Debout sur un rocher, comme l'aigle en son aire,

Tu mêleras ta voix à la voix du tonnerre ;

Alors tu priras Dieu, ton soutien désormais ;

Lui seul est juste et libre au-dessus de la terre !

    Lui seul ne nous trompe jamais.

XIV.

L'AMOUR.

I.

J'ai vingt ans ! — et la paix de mon cœur est troublée ;
Je suis comme l'oiseau caché sous la feuillée ;
Je soupire toujours... je voudrais être aimé
Comme un roi, comme un dieu, selon ma fantaisie,
Et dans un autre cœur verser la poésie,
Et tous les feux d'amour dont je suis enflammé !

Les rêves les plus beaux dans ma tête bourdonnent ;
Je vois là sous mes yeux des baisers qui se donnent,
De ces choses de nuit trop belles pour le jour ! —
Je voudrais être aimé ! — La volupté m'inonde,
Soleil dont les rayons éveillèrent un monde
Qui dormait dans mon cœur, et qu'on nomme l'amour !

Vous, peuples des tombeaux, comme un peu de poussière,
Balayés dans un coin par le vent de la terre,
— Dont les yeux au soleil jamais ne s'ouvriront, —
Avez-vous, quand vos pieds trébuchaient sur ma route,
Écouté quelquefois ce monde que j'écoute
Chanter dans ma poitrine et rêver sous mon front !

— C'est tout ce que le vent a de plus doux murmures,
Lorsque sur les grands blés dont les têtes sont mûres,
Comme un souffle d'enfant, il passe en frémissant ;
— C'est tout ce qu'un rayon, dans la nuit étoilée,
Dit à la pauvre fleur au fond d'une vallée ;
— Tout ce que la fleur dit au rayon caressant ;

— Tous les bruits qui s'en vont de toutes les campagnes,

— Tous les bruits que le vent apporte des montagnes,

Et qui font frissonner de plaisir et d'effroi ;

— Tout ce que notre monde, à genoux sur les pierres,

Envoie au tout-puissant d'amour et de prières,

Dans ses nuits de pudeur ou dans ses jours de foi;

— Tout ce que dit la fleur, tout ce que dit la feuille

Au premier vent d'hiver quand le rameau s'effeuille;

— Tout ce que dit l'insecte emporté par les eaux ;

— C'est tout ce qui se lit ici-bas au grand livre ;

— C'est le mot de celui qui meurt, et voudrait vivre;

— C'est par fois comme un bruit échappé des tombeaux!

— Mais souvent c'est un cri de bonheur et de joie ;

— C'est le cri d'un enfant, quand un rêve déploie

A ses yeux étonnés les portiques du ciel;

— Une note dans l'air, loin du clocher, perdue,

Si pure, qu'elle fait notre ame toute émue,

Qu'elle berce l'enfant et l'homme criminel;

— Un son religieux ; — un mot qui sanctifie ;

— Un chant si ravissant, qu'il aide et purifie

Celui de nous assez heureux pour l'écouter ;

— C'est l'inspiration dont toute ame est ravie ;

— C'est la source divine où nous puisons la vie,

Où le poète apprend à bénir et chanter ;

— C'est tout ce que la terre avec le ciel échange ;

— Et les désirs de l'homme ; — et les rêves de l'ange ;

— Tout cela dans une ame et dans un jeune cœur ;

— C'est tout ce qu'à l'esprit offre la rêverie,

A travers la montagne, à travers la prairie,

Sous l'immense horizon, où veille le seigneur ;

— C'est sur les plus beaux cœurs, et les plus beaux génies,

Ce qu'épanche la nuit d'accords et d'harmonies ;

— C'est un écho lointain des célestes concerts ;

— Un parfum de sa voix, quand la vierge Marie

Accueille, avec des chants, une ame endolorie,

Et la console ainsi des maux qu'elle a soufferts ;

—C'est enfin sur ce monde et du cœur et de l'ame,

Dans les plis d'un long voile, une forme de femme,

Si frêle, qu'elle doit être étrangère à nous,

Si blanche, qu'il n'est pas au ciel si blanche nue,

Si.belle, que je veux, quand elle est demi-nue,

Ne la voir que de loin, ne l'aimer qu'à genoux! —

II.

Aussi, dans votre cercle ou sévère, ou folâtre,

Quand vous me voyez seul assis auprès de l'âtre,

Sans causer avec vous, et comme un étranger,

Amis, ne croyez pas qu'une triste pensée,

A travers mon esprit soit tout-à-coup passée,

Ou que pour mes amis mon cœur puisse changer!

L'hiver, sur le foyer si ma tête s'incline,

Et l'été, si devant le soleil qui décline,

·Je m'éloigne de vous, ou je ferme les yeux,

Non, ne remarquez pas cet étrange silence;

Ne craignez rien, amis, quand mon front se balance,
Comme celui d'un homme ou grave, ou soucieux!

— C'est que dans mon cerveau de beaux rêves bourdonnent
Que je vois sous mes yeux des baisers qui se donnent,
De ces choses de nuit, trop belles pour le jour;
— C'est que de toutes parts la volupté m'inonde;
— C'est que j'entends surtout les beaux chants de ce monde,
Qui dormait dans mon cœur, et qu'on nomme l'amour!

XV.

HONTE ET PITIÉ.

Honte à celle qui prend, ainsi qu'une parure,
Un enfant, dont le cœur est simple et l'ame pure;
    — Qui le tient endormi,
Comme un bouquet de fleurs, sur son sein adultère,
Qui l'effeuille, en jouant, et puis le jette à terre :
    Honte sur elle, ami!

Mais pitié pour l'enfant, simple de cœur et d'ame,

Qui suspendit sa vie aux yeux de cette femme!

    Oh pitié! — Car toujours

Il dépense à l'aimer sa force et sa pensée;

Et, quand l'heure du rêve est à jamais passée,

    Il regrette ses jours!

Femme, après ton amour, son ame n'est plus neuve,

Son cœur n'est plus aimant!—Il sort vieux de l'épreuve,

    Pour se désespérer!

Debout parmi le champ des passions du monde,

Absorbé tout entier dans sa douleur profonde,

    Il s'arrête à pleurer!

Ou bien croyant dompter les misères de l'homme,

Il passe sous nos yeux comme un pâle fantôme,

    Sans rire et sans parler:

Trop fier, pour être faible et confier ses peines,

Trop faible, pour choisir aux galères humaines

    Une ame à consoler!

Hélas! sur son chevet, d'où la joie est bannie,
Il passera les nuits, brûlé par l'insomnie;
  Ses yeux se flétiront,
Et foulant les plaisirs, dont le dégout le sèvre,
Il paraîtra, le jour, un rire sur la lèvre,
  Et des rides au front!

Oh comme il souffrira! — jusqu'au bout de la route;
Il marchera toujours poursuivi par le doute,
  Triste réalité!
Les hommes sont en vain battus par la souffrance,
Jamais ils n'ont quitté l'ombre d'une espérance
  Pour l'incrédulité!

Tu verras cet enfant, abusé par lui-même,
Croire, qu'il est encore aimé, parce qu'il aime,
  Oublier l'autre fois!
Et puis, se rappelant que l'espérance est morte,
S'asseoir tout éploré sur le seuil de la porte,
  Qu'il franchit tant de fois!

Honte à celle qui prend, ainsi qu'une parure,

Un enfant, dont le cœur est simple et l'ame pure;

— Qui le tient endormi,

Comme un bouquet de fleurs, sur son sein adultère;

— Qui l'effeuille, en jouant, et puis le jette à terre:

Honte sur elle, ami! —

XVI.

LE PEUPLE A L'ÉMEUTE ET AU BAL.

Hommes, si vous voulez connaître à fond le peuple,
Et savoir ce que veut cette race, qui peuple
Les quartiers tout fangeux de la grande Cité,
Cherchez-le dans l'émeute, ou le bal populaire,
Au milieu de sa joie, ou bien de sa colère,
Bondissant au canon, par la walse emporté!

Qu'il foule sous ses pieds des fleurs ou des couronnes,

Qu'il prenne pour hochets des femmes ou des trônes,

Il est toujours le même, il est toujours géant!

Toujours il apparaît immense, insaisissable,

Ainsi que l'Océan, ou qu'un désert de sable,...

  Mais vide, comme le néant!

II.

Cherchez-le dans l'émeute, — alors que par volées

Le canon gronde et bat les maisons ébranlées,

Qu'au front des temples saints ses baisers sont gravés;

Quand le peuple, au milieu des cris, roule et se rue

Pêle-mêle, sans frein, que le sang dans la rue

Coule à travers les morts, et couvre les pavés.

Oh! que le peuple est beau dans ces momens de rage;

— Voyez-le, qu'il commande ou succombe à l'orage,

Et qu'il rugisse alors vainqueur ou terrassé;

Saisissez-le, qu'il soit faible comme l'atôme,

Ou fort, comme un lion, tordant le vain fantôme,

    Dans ses bras noueux enlacé!

Alors c'est le volcan au centre de la terre,

Refoulant, malgré lui les feux de son cratère,

Ou dardant vers le ciel ses rayons chevelus!

Alors, c'est l'Océan qui se retire ou monte,

Mugissant sous la main puissante qui le dompte,

Ou mangeant la falaise opposée à son flux!

Mais qu'on le voie après sa victoire ou sa chute,

Ce peuple si superbe au milieu de la lutte;

Il s'endort sur la foi d'hommes trompeurs et faux,

Trop fou pour recueillir les fruits de sa victoire,

Trop lâche pour sauver ceux qui voulaient sa gloire,

    Au supplice de l'échafaud.

C'est que cette cohue, au hasard amassée,

N'a pas eu, pour agir, une même pensée;

Et, lorsque, certain jour, elle s'en prend au roi,

C'est qu'une main brutale a cogné sur sa tête ;

Et renverser un trône est pour elle une fête,

Dont elle fait les frais sans connaître pourquoi!

Elle ne cherche là qu'une route plus sûre

D'exercer en frappant sa sauvage nature,

De rire et d'applaudir aux plus vigoureux coups,

Sans songer, qu'il faudrait jeter une semence,

Qui promît pour plus tard une moisson immense,

Dans ces sillons creusés par tous!

III.

Cherchez-le dans le bal : — il roule et tourbillonne;

De l'un à l'autre bout son ventre se sillonne!

Ecoutez, écoutez l'orchestre résonner!

Dans cette grande salle, où la walse tournoie,

Quel bruit assourdissant! — Devant pareille joie,

On sent tout son corps frissonner !

Que sont nos bals coquets, près du bal populaire?

Nos dandis tout pimpans, à la danse légère,

Près du peuple, qui saute et par monts et par vaux?

On croirait voir bondir, quand le galop l'entraîne,

Ainsi qu'un tourbillon, au milieu de l'arène,

    Une bande de grands chevaux!

Pour le peuple, en effet, ce n'est pas toujours fête!

Pendant toute une année il a courbé la tête,

Travaillé comme un serf, sans repos, sans bonheur!

Mais cette nuit, avec le gain de la semaine,

Il se fête en seigneur, s'en donne et se démène,

    Narguant la mort et le malheur!

Non, non! — certes pour lui ce n'est pas toujours fête!

Comme il dépense aussi l'épargne qu'il a faite,

A travers le plaisir à grand train voyageant! —

Il ordonne... et soudain l'orchestre recommence! —

Et lui, va s'étourdir dans une ronde immense;

    — Car il en veut pour son argent!

15

IV.

Que le peuple, ainsi vu, paraît grand et terrible !
Penser qu'un roi s'endort sans souvenir pénible,
Quand le peuple est en rut dans la cité ! — Penser,
Qu'au milieu de ce bal, s'il lui prenait envie
D'aller reconquérir sa liberté ravie,
Et de prendre le bruit du canon pour danser ;

Il pourrait, tout d'un bond, groupant ses mille têtes,
Déchirant en lambeaux ses casaques de fêtes,
Retroussant jusqu'au coude un bras débile et las,
Epouvanter des rois la timide prudence,
Et de ce coup de pied, dont il marque la danse,
    Disperser un trône en éclats !

Il pourrait... et pourtant dans toutes ses pensées
Oubliant l'avenir et les choses passées,

Et celui qui le bride, et celui qui, la nuit,

Travaillant sans relâche, à sa grandeur future,

Etudie, en tremblant, le sourd et long murmure,

Dont le sein populaire en silence s'emplit;

Puis, d'ailleurs tout usé par sa nuit de folie,

Par les rudes plaisirs qu'il change et multiplie,

Il s'en va le matin, l'œil éteint et baissé,

Dormir sur un grabat rongé par la vermine;

Et triomphant ainsi de la faim qui le mine,

    Rêver à ce qu'il a laissé!

Et quand vient le réveil, réalité fatale,

Il voit avec terreur la misère qu'étale

Son malpropre taudis sous ses pieds, sous sa main,

Et pense avec regret, qu'il pourrait vivre encore

Un mois avec l'argent que le grand bal dévore,

Nourrir aussi sa femme et ses enfans sans pain!

V.

Ainsi le peuple va, fidèle à sa nature,

Agissant et marchant toujours à l'aventure,

Faisant tout, sans penser quels résultats, quels buts,

Quand il se met en train, s'avancent sur sa trace,

Et s'il arrive au bout, toujours il ne ramasse

    Qu'un pénible regret de plus!

C'est que dans notre ciel, qui tous les jours s'éclaire,

Je n'ai point encor vu l'étoile populaire

Au milieu de ses sœurs fixer son œil de feu,

Prendre sa place aussi : — Car semblable à la reine,

Que loin de sa couronne un triste exile entraîne,

Elle marche toujours sous le souffle de Dieu!

Elle marche!.. Attendons, pleins de foi, d'espérance,

Le jour où son rayon dardera sur la France,

Point fixe, immaculé, centre de gravité!

Alors nous entendrons vers l'horizon sans voiles

L'universelle voix de toutes les étoiles,

 Crier autour : — Humanité !

XVII.

LE RAMEAU DE BUIS.

I.

Rameau de buis, béni par le saint prêtre, ô toi,
Qui dois me rappeller une souffrance humaine,
Toi, qui me fus hier donné par Magdeleine,
O symbole d'amour ! — ô symbole de foi !

Reste sans te faner, toujours auprès de moi !
Sur ce lit où souvent, revenu de la plaine,
Le cœur épouvanté, je tombe sans haleine,
Ranime mon courage et calme mon effroi !

Sur mon front tout couvert des sueurs du voyage,
Sur mes membres brisés incline ton feuillage !
Sur moi verse un peu d'ombre, ô saint rameau de buis !

Si mon ame, le jour, par le doute est saisie,
Murmure à mon oreille, au milieu de mes nuits,
Des paroles de foi, d'amour, de poésie !

II.

O toi, dépôt sacré, que la main de l'amour
Fit passer de l'autel au chevet du poète ;
O toi, qui chaque soir, incliné sur ma tête,
Consoles en secret mes fatigues du jour ;

Muet témoin, qui vois mon ame tour à tour
S'endormir dans la paix, veiller dans la tempête ;

Qui vois mes jours de deuil, qui vois mes jours de fête ;

Devant lequel mon cœur se trahit sans détour ;

O saint rameau de buis ; — à genoux sur la pierre,

Les yeux levés vers toi, comme pour la prière,

Par Magdeleine (au ciel écoutez bien, Seigneur)

Je jure de garder ta branche toute pleine

De tristes souvenirs ; et par ce buis, mon cœur

Jure de vous aimer toujours, ô Magdeleine !

XVIII.

L'ESPRIT DE DIEU.

MYSTÈRE.

I.

« — Ciel! Mot mystérieux, que la langue soulève,

« Et que nos yeux parfois n'ont lu que dans un rêve!

« — Espace où tout se perd! — Gouffre vide et profond,

« Qui sur nos faibles yeux sans cesse diminue.

« — Grande idéalité! — Chose étrange, inconnue,

« Devant le Tout-Puissant, autre abîme sans fond!

« Le ciel, ame de Dieu, vaste, haute et profonde,

« Qui, dans un de ses plis, pourrait bercer le monde!—

« C'est là, que nous devons aller après la mort;

« Là, que nous puiserons la véritable joie;

« Si nous avons marché dans la divine voie,

« Dieu nous ouvre son ame, ainsi qu'un vaste port!— »

II.

Et toujours m'enfonçant dans cette même idée,

Dont par momens ma tête était toute inondée,

J'allais, sans rencontrer ni repos, ni milieu!

A la fin j'entrevis, à travers les ténèbres,

Au fond de mon esprit, écrit en mots funèbres :

— Est-il un ciel? — est-il un Dieu! —

Et vite j'abattis le vol de mes pensées! —

— « Le monde a son présent et ses choses passées,

Il est vrai!.., Mais a-t-il encore un avenir! » —

Alors, comme Jacob, je sortis de ma tente,

Et, lorsque sur le seuil je veillais dans l'attente,
J'entendis devant moi des pas d'homme venir.

Ma chair se hérissa... Bien que la nuit fut sombre,
J'entrevis une masse, immobile dans l'ombre;
Je me levai; — je fis quelques pas en avant; —
La masse s'approcha; — j'étais plein d'épouvante,
Lorsqu'elle me saisit, avec sa main puissante

  Et m'emporta, comme le vent! —

Et notre route était une route inconnue,
Tantôt près de la terre, et tantôt sur la nue!
Devant nous flamboyait l'occident tout en feu!
Et soudain, au mileu du ciel et de la terre,
J'entendis une voix, triste et pourtant austère,
Qui me disait : — « Enfant, je suis l'esprit de Dieu!

« C'est moi, qui de la terre ai compté les années,
« Qui fais ses belles nuits et ses belles journées,

« Qui jette l'ouragan de l'un à l'autre bout

« Du monde; — moi qui suis l'amour, la poésie,

« La source de la mort, la source de la vie;

    « Je voix, j'entends et je peux tout!

« Debout auprès de toi sur ce mont solitaire,

« Je m'en vais à tes pieds dérouler un mystère!

« Tout autre homme, à coup sûr, serait anéanti!

« Et pourtant ne crains rien!—Comme la feuille au chêne,

« Que ta main à mon bras se suspende et s'enchaîne;

« Courbe-toi sur l'abîme, et regarde au midi! — »

Alors, comme au grand mât se pend la blanche voile,

Comme l'herbeux rochers, et comme aux cieux l'étoile,

Je lui saisis la main, et je m'y suspendis!

— Voilà ce qu'au dessus de l'abîme, ou le monde

Se reposait, couché dans une nuit profonde,

    Je vis et ce que j'entendis :

III.

Dans ce fond, où l'Afrique est encore inconnue,
Une voix bourdonnait et montait vers la nue;
— Cette puissante voix roulait de haut en bas,
Articulant des mots que je ne connais pas;
— Tantôt elle grinçait, comme une hyène en rage;
— Tantôt elle imitait les éclats de l'orage,
Et tantôt les sifflets prolongés du serpent;
— Tantôt près de la terre elle allait en rompant,
Et tantôt s'élevait immense, inépuisable,
Comme la voix des flots, comme la voix du sable,
Lorsque le vent éveille, en tonnant dans les airs,
L'une dans l'Océan, l'autre dans les déserts! —
Et, bien qu'elle sortit d'une humaine poitrine,
Elle sentait la nuit, et soufflait la ruine!

En effet, j'aperçus, malgré l'obscurité,
Comme un homme à cheval! — Il s'était arrêté
Sur les monts Lupata, devant la Mozambique,
Et regardait sur lui les villes de l'Afrique. —

Il avait le teint noir, l'œil petit, mais brillant,

La chevelure éparse, un vaste manteau blanc

Sur les reins, à la main une large zagaie,

La figure, comme triste ou comme fatiguée!

Il semblait sur le mont un fantôme à cheval,

Symbole de la Mort ou du Temps son rival! —

Le cheval, dont chaque œil jetait une étincelle,

Noir, petit et trapu, n'avait ni frein, ni selle:

— Les jarrets étendus, on l'eût dit arrêté

Au milieu d'un galop toujours précipité;

Il était haletant; — sa narine enflammée

Lançait en tourbillons une ardente fumée;

La tête au vent, l'oreille en pointe, il écoutait

L'étrange amas de cris, que son maître chantait! —

Le chant, comme celui d'un homme qui s'oublie,

Devint alors plus lent, la voix plus affaiblie;

Puis tous deux, ranimant leur intonation,

S'éteignirent soudain par une explosion,

Qui sur son lit d'éclairs réveilla la tempête!

— J'écoutai :

— Le fantôme en détournant la tête,

Parmi l'immensité lance son œil hagard;

— Et moi, sur mon rocher, en suivant son regard,

J'aperçois chanceler la plaine asiatique,

Depuis le Kamtschatka, jusqu'au golfe arabique,

Et j'entends se rouler de l'un à l'autre bord

Un long gémissement! — Je comprends tout d'abord

Que l'heure de mourir pour l'Asie est sonnée,

Que ce monde a vécu sa dernière journée,

Et que l'ombre à cheval avait, pour repartir,

Attendu cet écho de son dernier soupir! —

— Et je vois en effet le cheval qui galope,

En descendant les monts, plus prompt que l'Antilope,

Et qui se précipite au milieu des déserts,

La crinière flottant et sifflant dans les airs;

Et chacun de ses yeux reluit comme une étoile;

Et le grand manteau blanc fouette comme une voile;

Et le noir cavalier, la chevelure au vent,

Se cache dans les crins et se courbe en avant!

— A la rapidité du galop, on devine

Qu'ils sont poussés tous deux par une main divine;

— Et je vois le cheval suant, haletant, las,

Tomber, les quatre pieds, sur un pic de l'Atlas!—

Et tandis que l'Afrique, endormi dans les sables,

Ou couché mollement à l'ombre des érables,

Passait, comme un vieillard, sans soupirs, sans effort,

Du sommeil de la terre au sommeil de la mort,

Le fantôme, la tête encore détournée,

Ainsi qu'un laboureur, quand finit la journée,

Egarait, en riant, ses yeux sur le chemin

Qu'il a fait dans l'Afrique, et de sa froide main

Caressait son cheval et son cou tout en nage,

Comme s'il approchait de la fin du voyage.

Alors pour le repos il prit quelques instants, —

Mais un cri descendit du ciel! — En même temps

Je vis devant mes pieds remuer la montagne,

Et le cheval sauter de l'Atlas sur l'Espagne,

Traverser d'un seul bond les Sierra, jeter
Partout derrière lui la mort, et s'arrêter,
Comme un grand aigle noir s'abattant des nuées,
Sur le plus haut sommet des hautes Pyrennées ! —

IV.

Alors l'esprit de Dieu me disait : « — à présent
Regarde à l'occident de feux éblouissant ! » —

Et comme au plus grand mât se pend la blanche voile,
Comme l'herbe aux rochers, et comme aux cieux l'étoile,
Je lui saisis la main, et je m'y suspendis ! —
Voilà ce qu'au dessus de l'abîme, où le monde
Se reposait couché dans une nuit profonde,
    Je vis et ce que j'entendis !

V.

Un vaisseau naviguait, tranquille et solitaire,
Sur la mer, dont les flots baignent le Finistère !

Tantôt il s'arrêtait; tantôt il s'enfuyait

Dans l'Océan; — tantôt le long de la Bretagne,

Comme un serpent glissant au flanc d'une montagne,

  Ce grand navire louvoyait;

Le dedans, le dehors, et les mâts, et les voiles,

Tout ressortait tout noir sous les blanches étoiles;

Et tout cela flottait silencieusement;

Et le vent soupirait des murmures si vagues,

Et le vaisseau filait si vite sur les vagues,

Qu'il me semblait parfois privé de mouvement! —

On eût dit sur les flots l'ombre d'un grand nuage;

Car ce triste vaisseau n'avait pas d'équipage:

Seulement sur la proue, où le flot saute et bout,

Le teint noir, les cheveux éparpillés, un homme

Dans un grand manteau blanc, comme l'autre fantôme,

  Etait immobile et debout!

Voici ce qu'il chantait : — « Oui, le soleil à peine

« S'était couché, que moi j'abandonnais Cayenne,

« Après avoir tracé sur mon vaisseau géant

« Un immense circuit autour de l'Amérique;

« Et pourtant me voici dans la mer Atlantique,

« Devant les champs bretons, au bout de l'Océan !

« C'est ici, mon vaisseau, le terme du voyage !

« Allons ! — Il faut jeter l'ancre sur le rivage !

« — Dans toute l'Amérique, à partir du détroit

« De Behring, jusqu'au bout de la Patagonie...

« Que de morts ! — que de morts parmi l'Océanie ! —

 « Enfin, cette nuit, je suis roi !

« La mort sur l'Océan, et la mort sur un monde !

« La mort dans un instant sur la terre et sur l'onde !

« Plus de vie ici-bas! — plus d'amour ! — plus de feu !

« — Je suis roi ! — cependant il va sur cette terre

« Malgré moi, sous mes yeux, s'accomplir un mystère !

« — Je suis roi ! — mais hélas ! je ne suis pas un dieu !

« Je suis sous le pouvoir d'une main invisible !

« — Tu le vois, mon vaisseau, il nous est impossible

« De naviguer encor, de marcher plus avant !

« Cette invisible main nous enchaîne au rivage!

« — Ah! que j'aimerais mieux le tonnerre et l'orage !

« — Mais nos voiles n'ont plus le vent ! — »

— Et sa bruyante voix, comme un torrent qui passe,

S'abat sur l'Océan et se perd dans l'espace ;

Et son œil s'égara sur les flots, inquiet !

Et lorsque vers le cap où la France s'échancre,

D'une main ferme et sûre, il eût enfoncé l'ancre,

Il resta comme un roc, immobile et muet!

VI.

Alors l'esprit de Dieu, me tenant sur l'abîme,

Me disait tristement : — « Regarde vers la cîme

Du Jura, dont le front, penché sur Besançon,

Du côté du levant lui fait un horizon! — »

Et comme au plus grand mât se pend la blanche voile,

Comme l'herbe aux rochers et comme aux cieux l'étoile,

Je lui saisis la main et je m'y suspendis !

— Voilà ce qu'au-dessus de l'abîme où le monde

Se reposait couché dans une nuit profonde,

    Je vis et ce que j'entendis :

VII.

C'était encore un homme à cheval : — un fantôme

Comme celui d'Afrique et celui de la mer,

Mais sans manteau ! — Le vent éparpillait dans l'air

La neige qui couvrait et le cheval et l'homme ! —

Et celui-ci chantait : — « Nous voici, mon cheval !

« Nous sommes arrivés à la fin du voyage :

« Hélas ! dans tout le Nord quel dur pélerinage !

« Pour voir mourir un monde, hélas ! quel mal !—quel mal !

« Il fallait traverser des plaines toutes blanches

« De neiges, traverser un Océan glacé,

« Et quelque fois tous deux, l'un à l'autre enlacé,

« Rouler du haut des monts avec les avalanches !

« Je le sais, je le sais : c'est par Dieu que la mort

« A fauché, cette nuit, l'Europe et l'Amérique,

« Les îles de la mer, et l'Asie et l'Afrique !

« C'est par sa volonté que l'Univers est mort !

« — Mon cheval, mon cheval, c'est une belle chose

« De pouvoir, n'est-ce pas, jeter à pleines mains

« La mort sur les rochers, la mort sur les chemins,

« La mort, la mort partout où mon œil se repose.

« Hurra ! — la belle nuit ! — pas un nuage au ciel !

« Non, l'étoile jamais n'apparut plus brillante,

« La lune plus sereine et plus étincelante !

« — Le monde est à présent sous l'œil de l'éternel !

« Cet œil veille surtout au dessus de ce gouffre

« Où le peuple français vit dans l'inaction ;

« — Mais il mourra bientôt ! — toute la nation

« Hier s'est endormie, en criant : Que je souffre !

— Il se tut : sous l'éclat des astres, les glaçons,

Qui pendaient à leur dos, jettaient une étincelle ;

Et l'homme se tenait si ferme sur la selle

Qu'on l'eût dit tout-à-coup gelé sur les arçons !

Réunie en faisceau comme une bandelette,

La touffe de cheveux s'incrustait dans ses reins,

Et je vis grimacer, au milieu de ses crins,

Sur un cou décharné la tête d'un squelette !

VIII.

Alors, l'esprit de Dieu disait : — « Ecoute-moi :

     « Tu dois connaître, fils des hommes,

« Comme un chien le berger, comme un sujet son roi,

« La puissance et le nom de ces trois grands fantômes !

« Chacun d'eux autrefois, a reçu du Seigneur,

« Avec même pouvoir, la terre pour domaine !

« Chacun a pour soldats le mal et la douleur,

     « Et pour sujets l'espèce humaine !

« Ils sont tantôt le peuple ; — ils sont tantôt les rois,

    « Selon leur monde et leur empire ;

« Mais le Temps ou la Mort est leur nom à tous trois

    « Dans ce livre où Dieu seul peut lire !

« L'un sur la mer, ceux-là sur des rochers couverts,

« Dès la création, de neiges éternelles,

« Ils attendent debout, comme trois sentinelles,

« Ma voix, pour dépeupler ce coin de l'Univers !

« Enfant, ne tardons plus ! — Penché sur ta patrie,

« Dont le corps épuisé se détache en lambeaux,

    « Regarde, comme elle est flétrie,

« Accroupie, à cette heure, auprès de ses tombeaux ? — »

Je ne regardai pas ! — mais j'entendis aux nues,

S'élever les accens de deux voix bien connues,

Puisque Dieu n'oublia jamais de les bénir ;

— L'une, triste et rêveuse, est la voix de la France,

Et l'autre du poète, ange de l'espérance,

Qui chantait le passé, qui chantait l'avenir :

IX.

LE POÈTE ET LA FRANCE.

LA FRANCE.

Chante, chante, ô mon fils ! — car mon ame se noie
    Dans un abîme de douleurs !
Chante, chante ! — peut-être un sourire de joie
    Rayonnera parmi mes pleurs.

LE POÈTE.

GAULE ET ROME.

A nous, Rome est à nous ! — que la hache nous fraie
Une brèche à travers le monde épouvanté !
Car nous sommes Gaulois, géants que rien n'effraie :
Et, comme un laboureur qui fauche dans l'ivraie,
Fauchons dans ces pays morts à la liberté !

Nos ennemis, dit-on, sont habillés d'armures !

Pour atteindre ou pour fuir ils montent des chevaux ;

La science pour eux fait les batailles sûres ;

—Nous, nous courrons sans ordre et nus vers les blessures;

    Nous tuons par monts et par vaux !

Qu'importent ces coursiers que le luxe décore,

A nous autres enfans des sauvages forêts !

Pour chasser les fuyards que la crainte dévore,

Notre pied à la course est plus agile encore;

    Et quand il faut mourir nous sommes toujours prêts !..

— Allons ! — saisissons tous nos longues javelines,

Nos grands carquois en chêne, et nos haches de fer !

Remplissons au hasard les monts et les ravines ;

C'est la superbe Rome avec ses sept collines,

    Que nos bras doivent étouffer ! —

Oh ! le brillant coup d'œil, qu'une ville enflammée,

D'où les gémissemens sortent de toutes parts,

Qui brûle, en se tordant, avec toute une armée !

Comme une ombre, ô cité, tu te fonds en fumée !

Où sont tes défenseurs, tes dieux, tes hauts remparts !

Jadis on te nomma la ville impérissable !
Tu t'étais faite ici déesse des cités !
Mais, pour être à jamais une ombre insaisissable,
Que le vent, cette nuit, balaye un peu de sable
    Sur tes débris ensanglantés !

A nous, Rome est à nous ! — Que la hache nous fraie
Une brèche à travers le monde épouvanté !
Car nous sommes Gaulois, géants que rien n'effraie ;
Et, comme un laboureur qui fauche dans l'ivraie,
Fauchons dans ces pays morts à la liberté !

LA FRANCE.

Comme le vent du soir berce après la tempête,
    Un grand navire dépeuplé,
Dans le rythme des vers, ô mon jeune poète,
    Berce mon cœur inconsolé !

LE POÈTE.

FRANCE ET JÉRUSALEM.

Avez-vous entendu ? — D'où viennent ces murmures ?
On dirait qu'un grand char plein de fortes armures,
    Roule au-dessus de l'Occident !
Un autre bruit répond ! — la terre est ébranlée !
Et du Nord au Midi l'Europe réveillée
    Rugit, comme un lion ardent !

Pourquoi donc, ô Seigneur, l'Europe rugit-elle ?
Quelle inspiration, quelle injure mortelle
    La fait marcher en trébuchant ?
Quelle voix a poussé ce puissant cri d'alarmes ?
Et quelle immense main jeta toutes ces armes
    Aux bras des peuples du couchant ?

Regardez, regardez... au-dessus de la France,
Du monde européen arc-en-ciel d'espérance,

Flamboie un panache de feu ;

C'est là que le volcan entr'ouvrit son cratère ;

C'est sa voix qui de loin vous appelle à la guerre

Peuples, pour la cause de Dieu !

Elle est prête déjà !.. voyez comme elle est belle !

Elle a parmi ses fils calmé toute querelle ;

Elle n'a qu'un désir, qu'un vœu :

Etouffez donc aussi les discordes civiles

Qui désolent vos cœurs et dépeuplent vos villes ;

Faites comme elle... Dieu le veut !

Partout de ses châteaux les cimes féodales

Semblent devant le ciel s'abaisser vers leurs dalles !

Partout les orgueilleux barons,

Revenant au Seigneur, que leurs ames oublient,

A la voix d'un ermite aujourd'hui s'humilient ;

Et tous courbent leurs nobles fronts !

En avant !— Car leur voix pousse le cri d'alarmes !

Et de leurs larges mains tombent des faisceaux d'armes !

Accourez tous peuples et rois !

Car Dieu s'est rappelé sa patrie usurpée ;

Et toujours à la France il remet son épée,

Quand il veut défendre ses droits !

O chrétiens, que votre œil dans la plaine s'élance !

Tout un camp éveillé se berce et se balance,

Sans un bruit de cheval, sans cris, sans aucun son !

Dans le fond une ville avec orgueil étale

Au milieu des vapeurs sa robe orientale ;

Et le soleil paraît tout rouge à l'horizon :

Maintenant écoutez : — ainsi qu'une avalanche,

Tout le camp, sur ses reins portant une croix blanche,

Se roule et se prolonge aux pieds de Béthléem !

Et la grande cité, derrière ses murailles,

Jette, comme un défi, des clameurs de batailles !

Ici sont les Français et là Jérusalem !

Français, pieux croisés, que rien ne peut abattre,

Un ange, cette nuit, vous a dit de combattre!

Car vous chantez en chœurs une hymne à l'éternel!

Oh!—Vous triompherez!—C'est Dieu, qui vous envoie!

Vous vaincrez!— Il a dit.:— qui marche dans ma voie,

Aura pour le guider tous les anges du ciel!

Et toi, Jérusalem, autrefois cité sainte,

Le blasphème aujourd'hui règne dans ton enceinte;

—Tu ne sais plus prier; car tu n'a plus de cœur!

Mais, ô Jérusalem, ta ruine est prochaine;

Dans les grandes forêts il n'est pas de grand chêne

Que n'efface du sol la foudre du Seigneur!

Hélas, Jérusalem, ô la cité maudite,

Depuis mille ans au moins, ta ruine est prédite!

Tremble!... Car les croisés courent sur tes remparts!

Regarde étinceler la flamme et les épées!

Ta poitrine est ouverte et tes mains sont coupées!

Entends les cris de mort grincer de toutes parts!

17

France, France! — A présent ton œuvre est accomplie;
Grâce à tes nobles fils Jérusalem oublie
L'amour de l'infidèle, et revient au Seigneur!
Sur les remparts noircis, où brille encor la flamme,
A côté de la croix plante ton oriflamme!
France, France à toi seule et la gloire et l'honneur!

LA FRANCE.

Que ton ame s'épanche en flots de poésie!
J'ai du bonheur! — Sois triomphant!
Allons sèche mes pleurs au feu de ton génie,
Encore une hymne, ô mon enfant!

LE POÈTE.

FRANCE ET LE MONDE.

Il fut un temps, ô France, où libre et vagabonde,
Tu jetas au bourreau ta vieille royauté,
Et courus, en chantant, ressusciter un monde,
Et conquérir sa liberté!

C'est alors que, parmi la gloire et la fumée,

On vit un de tes fils, jusqu'à ce jour sans nom,

Te saisir, toi, ton ame, avec ta grande armée,

Et dans ce moule humain fondre Napoléon!

Napoléon! — C'était un homme de génie,

Placé sur les confins d'un siècle à l'agonie,

Et dont la large main soutint l'humanité!

France, Napoléon, c'était un de ces hommes,

Problèmes inconnus, mystérieux fantômes,

Qui nous forcent à croire à la divinité!

Ils n'ont pas, comme nous, pauvres fils de la terre,

Un passé ténébreux, un présent de misère,

Un avenir sans gloire, une tête sans feu;

Pour retarder leurs pas aux galères humaines,

Jamais ils n'ont senti de misérables chaines!

Ils n'ont pas de famille, ils sont les fils de Dieu!

Dès la création Dieu marqua leur venue!

Il regarde le monde; et, quand l'heure est venue,

Lorsque dans l'univers tout se roule au hasard,

Soudain paraît un homme à la puissante tête,

Armé de la parole ou du glaive! — Un prophète!

C'est Jésus, Mahomet, Charlemagne, ou César!

La moitié de sa vie, absorbé dans la masse,

Il contemple ce qui s'agite à la surface,

Se laisse ballotter sur l'océan humain,

Et quand le peuple las jette l'œil en arrière,

Qu'il tremble, en se voyant si loin dans la carrière,

Au vaisseau social il prend tout dans sa main!

Maître, il promène alors, comme Dieu son tonnerre,

Sur les peuples tremblans son charriot de guerre;

Il ranime un instant l'univers épuisé;

Et, quand il a fini le cours de ses années,

Accompli, sans broncher, ses grandes destinées;

Il meurt.... Et ne doit pas regretter le passé!

Car au dernier moment l'univers, en silence,

Le contemple, étendu dans le lit de souffrance,

Sur son front élargi lit l'immortalité!

Car il a, pour mourir à la face des hommes,

Ce que nous n'avons pas, pauvres gens que nous sommes,

L'avenir sur la terre, au ciel l'éternité!

O France, relève la tête :

Dieu te fit une belle part;

Napoléon, dans la tempête,

Fut ton martyr et ton prophète,

Ton Jésus-Christ et ton César!

Ta vigueur était épuisée;

Comme un soleil, de ses rayons

Il te ranime; et sa pensée

T'a faite, de morte et glacée,

La maîtresse des nations!

Il t'emporta, dans sa grande ame,
A travers cités et déserts;
Et, dans des tourbillons de flamme,
Il planta, comme un oriflamme,
Ton trône, au sein de l'univers!

Enfin sous le fracas des armes,
Sous le bruit de cent mille voix,
Il étouffa tes cris d'alarmes,
Et sa main essuya tes larmes
Avec des couronnes de rois!

O France, relève la tête:
Dieu te fit une belle part;
Napoléon, dans la tempête
Fut ton martyr et ton prophète,
Ton Jésus-Christ et ton César!

LA FRANCE.

O poète, autrefois le soleil de l'empire
A relevé mon front et desséché mes pleurs;

Mais, hélas, aujourd'hui je succombe et j'expire

    Dans un abîme de douleurs!

Sur mon trône autrefois pauvre mère captive,

    J'apparus brillante et plaintive

    Car je pleurais ma liberté!

Et quand Napoléon me vit si désolée,

Il dompta l'univers, et je fus consolée

    En contemplant ma royauté.

Où sont donc aujourd'hui mes puissantes armées,

De ma jeune couronne, astres étincelans,

Que l'empereur tombé partout avait semées

    Au-dessus des peuples tremblans?

Où sont mes généraux et mes légions d'anges?

    J'avais mes autels, mes archanges,

    Et mon paradis, comme Dieu!

Mon ciel était peuplé de soldats et de braves!

Sur mes autels les rois, mes superbes esclaves,

    Nourrissaient la flamme du feu

Comme on voit au soleil voltiger la poussière,

Je voyais, à mes pieds, dans un de mes rayons

Se heurter, se presser, et flotter sur la terre,
    Tous les hommes des nations!
J'avais pour marche-pied des têtes couronnées,
    Et les puissances étonnées
    Me rendaient hommages et foi!
L'empereur m'élevant sur ses fortes épaules
Jusqu'au milieu de l'air, me montrait les deux pôles,
    En disant : ce monde est à toi!

Mais à présent, hélas! Chaque soleil qui tombe,
Emportant à mon cœur un heureux souvenir,
Me jette, inconsolée, au néant de la tombe,
    Je meurs sans espoir d'avenir.
Oui, j'ai vécu ma vie! — Oui, déjà demi-morte,
    Je chancelle au seuil de ma porte,
    Comme un squelette dévasté!
Et mon corps, dépouillé de sa force première,
N'a besoin que d'un choc, pour devenir poussière,
    Que de vent pour être emporté!

Honte à ces pâles rois, successeurs du grand homme,
Eunuques, bons au plus à garder un sérail!

Ils ont fait de la France un débile fantôme,

    Un ridicule épouvantail!

Pour l'Europe en effet le beau nom de la France

    Ne pèse plus dans la balance,

    Où sont agités ses destins!

Eh! qu'importe à ces rois, lâches liberticides,

Si la France, courbant sous leurs mains parricides,

    Maudit leurs meurtres clandestins.

Qu'importe... Ils ont de l'or, en vendant mes conquêtes;

Et mon renom de gloire est partout insulté:

Pour manier de l'or, ils volent sur les fêtes,

    Qu'ils donnent au peuple hébété!

Oui, pour remplir leur coffre, ils changent leur couronne,

    Et les diamans de leur trône,

    Et leurs fleurons en vils lingots!

Poète, si demain je descends à la tombe,

Ils viendront au cercueil, à l'heure où la nuit tombe,

    Et pour de l'or vendront mes os.

Mes beaux jours sont passés! — L'espérance est ravie!

Pour moi plus de grandeur; — plus de joyeux ébas;

Maintenant je n'ai plus même un reste de vie

    A répandre dans les combats;

Mon cœur est immobile; — et sa flamme est éteinte!

    Allons! rois, accourez sans crainte;

    De soldats peuplez les chemins!

La France va mourir! — Et quand la mort sur elle

Aura, du haut des cieux, développé son aile,

    Applaudissez, battez des mains,

Réveillez dans vos cœurs la vengeance endormie!

Eparpillez la cendre et rallumez les feux!

C'est la France qui meurt, — votre vieille ennemie!

    Venez recevoir ses adieux; —

—Moi, France, qui jadis, comme un vaisseau sur l'onde,

    Me balançait, reine du monde,

    Sur vos fronts courbés et maudits!

Moi, qui, dans ce moment, comme une vieille femme,

Au milieu de la nuit, suis prête à rendre l'ame,

    O désespoir! — Je vous maudis!.....

LE POÈTE.

Dieu seul est éternel ! — Dieu seul est immuable!

—Dieu seul aux yeux de l'homme est vague, impénétrable!

Dieu soutient d'une main le passé, le présent,

Et l'avenir! — Dieu seul est libre et tout puissant!

Sa tête est une tête où la sagesse abonde,

Qui sait s'il faut créer ou bien détruire un monde;

Quand un trône s'élève ou qu'il est emporté,

Le peuple est l'instrument et Dieu la volonté.

Dans ton cœur oppressé refoule la tempête;

Plus de cris, plus de pleurs, France!... Il faut être prête,

Quand sonnera pour toi l'heure du jugement,

Qui va bientôt sonner, à mourir noblement!

Sois France jusqu'au bout : car sur les rois eux-mêmes

Tu lancerais en vain tes justes anathèmes!

Les rois de ton génie ont étouffé le feu...

Qu'importe!... Il le fallait pour les desseins de Dieu!

Pour la foule, en effet, image de misères,

Les desseins du Seigneur sont autant de mystères!

Et, lorsqu'à l'univers il veut les découvrir,
Aux yeux seuls du poète il ouvre l'avenir!

Marche, sans blasphémer, où son souffle t'emporte!
O France, écoute-moi! — Lorsque tu seras morte,
Que ton ame au hasard volera dans le ciel,
Ou que tu siégeras aux pieds de l'éternel,
Si le regret parfois ramenait tes pensées
Vers les champs de la France, et les choses passées,
Regarde sur la terre,... et tu nous béniras,
Nous tes jeunes enfans! — O France, tu verras.....

Lorsque dans le tombeau Dieu t'aura fait descendre,
Une fille aussitôt surgira de ta cendre!
— Fille grande et sublime, aux regards pleins de feu,
Au front illuminé par un rayon de Dieu!
— Fille, aux puissantes mains, plus belle que sa mère,
Plus forte, que partout adorera la terre! —
— Et ce ne sera point un enfant mal venu,
Qu'on condamne, en naissant, et qu'on expose nu
Sur la pierre... Jamais on ne la verra tendre
Sa main à l'étranger, si sa main ne peut rendre!

Ainsi que ces enfans jetés dans un bazar,

Elle ne prendra point un nom à tout hasard!

— Non certe... Elle naîtra, magnifique d'allure,

Vierge Gauloise, avec la blonde chevelure,

Les yeux bleus; chevalière, avec une ame, un cœur,

Que se partageront l'amour, la foi, l'honneur!...

Mais elle sortira de ta tombe brisée

Avec toute sa force et toute sa pensée,

Au milieu de sa gloire et de sa liberté,

Avec un nom fatal à toute royauté!...

Mais elle portera le beau nom de sa mère!

— France! — Dans les combats sera son cri de guerre!

— Avec plus de fracas; non, jamais autrefois

Il n'aura retenti sur la tête des rois!

— Jamais dans l'univers, chez les peuples esclaves,

Il n'aura soulevé tant de cœurs, tant de braves!

Le monde, à cet appel, bruyamment agité,

Rassemblera ses voix pour crier : Liberté!

Et pour la France, avec les perles de son trône,

Le Seigneur tressera la plus belle couronne!

— Car seule, avec le roi des mondes et des mers

Et des cieux, elle aura délivré l'univers!

O France, avant la mort, que ton regard scintille
De fierté! — Tels seront les destins de ta fille!

Si tu ne le crois pas, écoute, dans la nuit,
Comme un immense flux, qui monte, et qui bruit
Sur la haute falaise!... On dirait le murmure
Eloigné de marteaux qui forgent une armure!
Les coups, l'un après l'autre, abaissés lentement
Tombent, et sur le fer bondissent lourdement!
Pas un instant de paix, pas un instant de trève!
Le bras toujours s'abaisse et toujours se relève.
Plus le Temps ici-bas fuit vers l'éternité!
Plus le murmure approche à travers la cité!
Plus il mugit; plus il tonne! — et pendant qu'il roule,
Il absorbe les voix et les cris de la foule!
— Tout se perd dans sa masse, et ne forme qu'un son:
Grondement éloigné derrière l'horizon!

Ce murmure inconnu qui frappe ton oreille,
Qui bourdonne la nuit quand le passé sommeille,
Lorsque cet univers, sans avoir rien pensé,
Sur son antique lit tombe tout épuisé,

Ce bruit mystérieux, c'est la rumeur profonde

Que fait en s'agitant sous terre un nouveau monde!

France, ce grondement qu'on écoute en tremblant,

C'est le pas éloigné, tantôt vif, tantôt lent,

D'un autre genre humain! — C'est la nouvelle France,

C'est ta fille qui vient! — et pleine d'espérance,

Une race nouvelle, ardente sur ses pas,

Au milieu des dangers, marche et ne doute pas!

Ce bruit! — c'est l'avenir, qui rejette la chaîne

De préjugés, d'erreurs dont le passé l'enchaîne!

C'est un monde qui naît, poussant vers ses tombeaux

Le vieux monde qui meurt et s'en va par lambeaux! —

Depuis assez long-temps au centre de la terre,

Il bout, comme un volcan foulé dans son cratère;

Depuis assez long-temps privé d'air et de jour,

Sous le poids du vieux monde il étouffe... à son tour

Il veut vivre!.. et quand Dieu fera sonner cette heure,

Où partout il faudra que le vieux monde meure,

Comme une mine, alors cet autre éclatera!

Plus on l'a comprimé, plus il débordera,

Effaçant sous le flot de ses jeunes pensées
Les traces du vieux monde au hasard dispersées,
Et chassant devant lui, jusqu'à l'éternité,
Les hommes et leurs lois, débris d'humanité !
Ce qui fut autrefois idoles et lumière
Deviendra tout-à-coup ténèbres et poussière !
Car ce bruit ! —

C'est enfin la révolution,
Que Dieu nous méditait dès la création !

X.

Pendant que cette voix, pour consoler la France,
Lui chantait l'avenir, lui chantait l'espérance,
L'esprit de Dieu tendit un voile sur mes yeux,
Me posa doucement sur le dos d'un nuage ;
Et j'ouïs près de moi comme un bruit de sillage ;
Et puis je me sentis naviguer dans les cieux.

Et j'étais, quand l'esprit eut retiré le voile,

Si haut, que le soleil me parut une étoile;

Les cieux autour de moi s'étaient multipliés;

Et l'esprit me disait : — Comme la feuille au chêne,

Que ta main à mon bras se suspende et s'enchaîne;

Courbe-toi sur l'abîme et regarde à tes piés !

Alors, comme au grand mât se pend la voile blanche,

Comme le nid au toit, comme aux monts l'avalanche,

Je lui saisis la main, et je m'y suspendis !

Et je vis Gabriel, les ailes étendues,

Qui traversait du ciel les blanches étendues;

Voilà ce qu'il disait, et ce que j'entendis : —

XI.

GABRIEL.

Dans l'horizon bruni s'est enfoncé l'orage;

Je me sens emporté sur l'aile d'un nuage;

Et je serai bientôt près des portes du ciel ! —

Vous m'avez appelé ! — Dieu puissant, éternel,

Où vais-je ? — Le soleil éclaire encor le monde ;

Mais tout mon corps frémit d'une terreur profonde !

C'est en vain que mon œil regarde autour de moi,

Et voyage du Nord au Midi ! — Je ne voi

Rien, et je n'entends rien au centre de la terre ;

Elle est, comme un tombeau, tranquille et solitaire ! —

Que veut dire ceci ? — plus de cris ! — plus de bruit ! —

Pourtant je l'entendis hier avant la nuit,

Quand vers vous j'emportais une âme pure et sainte,

Bruïre entre les mers qui lui servent d'enceinte !

Aujourd'hui tout se tait ! —

                         Seigneur, ai-je rêvé ?

Seigneur, répondez-moi ? — Qu'est-il donc arrivé ?

Sur les murs des cités je ne vois ni fantômes,

Ni vivans... le désert !.. Où sont allés les hommes ?

Seraient-ils exilés ? — ou bien seraient-ils morts ? —

Quel jour va s'écouler ? —

                         — C'est le jour des remords ! —

Répondit une voix forte comme un tonnerre ;

Et le ciel s'entr'ouvrit, prodigieux cratère,

Large, désert, profond, rempli d'obscurités,

Qui couvrirent au loin la terre et les cités !

— Et Dieu seul, vision lumineuse et lointaine,

Apparaissait au fond sur un trône d'ébène,

— Sans anges près de lui, — sans apprêt triomphal, —

Grave comme un grand juge assis au tribunal ! —

Et Gabriel tout pâle et la tête inclinée,

Comme un vieux bûcheron au bout de sa journée,

Tomba sur les genoux, et s'écria trois fois :

— Seigneur, ayez pitié ! — Dieu du peuple et des rois,

Je tremble ! — Prenez-moi sous votre sainte garde ! —

DIEU.

Abaisse tes deux yeux vers la terre... et regarde...

Mon ange, que vois-tu !

GABRIEL.

Je vois de toutes parts

Le sol ouvrir ses flancs et former deux remparts,

— Plus élevés cent fois que les hautes montagnes,

— Et plus larges cent fois que les larges campagnes !

— Je vois cités et monts, avec leurs sommets blancs,

Pendre, ainsi que des nids, au revers des deux flancs !

DIEU.

Au milieu, dans le fond, que peux-tu voir encore ?

GABRIEL.

Horreur !.. — Tous les damnés que la flamme dévore,

Et Satan sur leur tête, ayant dans ses deux mains

Un grand sceptre tortu fait d'ossemens humains ! —

— Et de je ne sais où jaillit une lumière ;

Et Dieu lui demanda :

— Que vois-tu sur la terre ?

GABRIEL.

Malheur! Malheur! Malheur!— Partout où va mon œil,
La terre n'est, hélas! qu'un immense cercueil !
L'univers est ici dans ce blanc cimetière ,
Qui toujours agrandit son osseuse barrière
Depuis la fin du sol jusqu'au seuil infernal !—
Pourquoi donc siégez-vous à votre tribunal ,
Seigneur ? — Pourquoi Satan au milieu de ce gouffre ,
Apparaît-il derrière un nuage de soufre?
—Ce pays , au-dessus du pays des remords ,
Comment l'appelez-vous ?

DIEU.

            —C'est la cité des morts !
—Peuple avec ses bras nus , rois avec leurs armées ,
Tous y sont !— Et sur eux , cette nuit refermées ,
Les portes, Gabriel, s'entr'ouvrent aujourd'hui ,
Parce que le soleil du jugement a lui!
—Le peuple, qu'autrefois la voix de mes prophètes

Nomma l'ame de Dieu, le peuple, aux mille têtes,

Devant moi, sous mes pieds, usera de ses droits,

Et, sans aucun appel, il jugera ses rois ! —

Car j'ai dit : — si sa voix sur la terre est la mienne,

Mon heure, dans le ciel, doit être aussi la sienne !..

Elle est venue... Entends...

                    Et l'Ange Gabriel

Ecoute douze fois du sablier du ciel

S'échapper lentement douze grains dans l'espace,

Et chacun de ces grains dire, pendant qu'il passe :

—Sur la terre, Seigneur, pourquoi descendons-nous?—

Et le dernier crier : — trépassés, levez-vous ! —

Soudain de toutes parts les os s'entrechoquèrent ;

—La cité s'agita ; — les corps se relevèrent,

—Ceux-ci morts le matin, tout pâles et défaits,

—Ceux-là, sans chair et tels que le temps les a faits ! —

—Tous, squelettes sans voix, sans couleur, et sans vie ! —

Au loin régnait le calme !

— Ainsi que par magie ,

Ils furent divisés d'abord en deux endroits ,

Les peuples d'une part, et de l'autre les rois :

—Les uns serrés, nombreux, masse immense de têtes,

Vaste mer d'ossemens blanchis par les tempêtes;

—Les autres, dans un coin, honteux et désolés,

Comme un tas de moutons vers un mur acculés,

—Troupeau cherchant la nuit,— foule timide et vaine !—

Et si le sang chez eux avait gonflé la veine,

Animé le visage, et fait battre le cœur,

On eût lu dans leurs yeux les tourmens de la peur !

—Leurs os claquaient !

—Alors, du milieu de la nue,

S'abaissa lentement une main inconnue,

Et tout-à-coup, parmi le peuple divisé,

L'essaim des rois tremblant, et malgré lui poussé,

Comme un vaisseau sans mâts, au fort de la tempête,

S'avança, ne sachant où donner de la tête,

Hésita quelque temps, puis soudain disparut

Dans le fond de l'abîme, où Satan le reçut !—

Et le ciel inondé de clartés se déploie;

—Et les anges, en chœurs, avec des chants de joie,

Accueillirent le peuple au sein du paradis;

Et tout-à-coup Satan avec tous les maudits

Disparut, entraînant ses royales victimes;

Et trois fois retentit au profond des abîmes:

—Dans toute éternité damnation sur nous!—

Et devant le Seigneur Gabriel à genoux,

Lorsque le ciel se fut caché dans la lumière,

Que la terre eut repris son assise première;

Disait, en relevant vers Dieu son front béni :

—Pour la terre, Seigneur, tout serait-il fini ?

DIEU.

Non... tu verras demain une nouvelle race

S'agiter et penser partout sur sa surface ;

Et demain ton oreille entendra tout ce bruit ;

—Car Dieu bâtit plus vite encore qu'il ne détruit !

—Pour une éternité cette race est ravie ;

De la nature en deuil c'est la première vie ;

Elle en doit vivre encor bien d'autres désormais ;

Car je l'ai faite seule immortelle à jamais !

—Ces hommes, que ma main balaya de la terre ,

Ont cru que la nature une fois solitaire,

S'étendrait avec eux dans le même linceul !

—Ils devaient ignorer ce que je connais seul.

—Et, quand chacun comptait tous les âges des hommes,

Ils n'ont jamais songé qu'ils étaient des fantômes,

Que leurs siècles pour moi, l'un sur l'autre entassés ,

Etaient à peine un jour, une heure !—

Ils sont passés.

—Leurs rois, quand ils vivaient, troupe orgueilleuse et folle,

Ont souillé mes autels, dédaigné ma parole,

Sous un sceptre de plomb brisé l'humanité !

—Je les brise à mon tour !— C'est pour l'éternité !

—Au peuple, noble fils, dont je suis le vrai père,

Au peuple désormais à régner sur la terre,
A se donner des lois !

— Il sera roi demain !
—Mon ange, je mettrai la force dans sa main,
La vigueur dans ses reins, sur son front la couronne !
—Il règnera long-temps !— L'autel sera son trône !—

XII.

Et le ciel se ferma derrière l'ange et Dieu !
Et la nuit déploya ses ombres en tout lieu.

FIN DU MYSTÈRE.

XIX.

ATTENTE ET DOUTE.

Trompé par les rayons d'un soleil imprévu ,
J'avais dit : — Désormais plus de vents , plus d'orages !
Les arbres dans les bois reprennent leurs ombrages,
Les essaims des oiseaux leur langage inconnu :

Avec toutes ses fleurs le printemps est venu !
—Soudain j'ai vu s'enfuir ces riantes images ;
Le ciel s'est obscurci sous de sombres nuages ,
Et la pluie a tombé ; l'hiver est revenu !

Magdeleine , mon cœur sans espoir, sans mystère,

Est froid comme le ciel, triste comme la terre ;

Ses jours n'ont plus de paix, ses nuits plus de sommeil ;

Il lui faut loin de vous, qui l'oubliez peut-être,

Comme il faut à la terre un rayon de soleil,

Un souvenir d'amour pour battre et pour renaître!

XX.

DERNIER JOUR.

I.

Amis, si vous voyez, sur la dalle glacée,
Reposant dans ses mains son front, où la pensée
　　　Creuse un large sillon,
Le poète courbé, sous le flot de la foule,
...Qui tout autour de lui rit, bruît et se roule,
　　　Ainsi qu'un tourbillon;

Si vous voyez le monde, où tout se multiplie,

Excepté la vertu, le taxer de folie

    Dans un langage impur,

Le honnir, le railler quand il aime une femme,

Et qu'il cherche dans elle une sœur pour son ame,

    Un amour saint et pur ;

Oui, si vous le voyez en butte à la tempête,

Dont le cri discordant siffle autour de sa tête,

    Quand il proclame Dieu ;

Ou bien las de lutter contre un monde d'athées,

Dont les vagues sur lui se foulent irritées,

    Dire à la terre : adieu !

Amis ne croyez pas qu'alors la poésie,

Que l'amour et la foi sont une fantaisie,

    Un jouet, un plaisir !

Ne croyez pas qu'ils sont une vaine parade

De rêves enfantés par un cerveau malade,

    Et qu'il faudrait guérir !

Si le monde partout les brise et les rejette ;

Si cet homme à la fois amant, chrétien, poète,

    Est broyé sous les pas,

Il faut que sans pitié, sans pudeur pour soi même,

Sur cet homme proscrit on lance l'anathème!...

    Oh !... Ne le croyez pas !

II.

La poésie, amis, c'est la preuve de l'ame,

Un rayon détaché de la céleste flamme,

Qui réchauffe dans elle et l'amour et la foi !

C'est le plus beau présent que Dieu nous ait pu faire ;

C'est le parfum qu'il aime et l'encens qu'il préfère !...

    — Croyez-moi, Croyez-moi !

L'amour, heureux ou triste à travers notre vie,

C'est d'un cœur, vierge encore, la douce poésie ;

C'est un rêve du ciel, un foyer pour la foi ;

C'est à l'homme déchu le seul bonheur qui reste ;

C'est le gage certain d'un avenir céleste!...
    —Croyez-moi, croyez-moi!

Oh! la foi!— C'est l'amour divinisé!—C'est l'ame,
Qui, maîtresse du corps, pour le Seigneur s'enflamme,
Et se consume aux pieds de l'autel!— Oh! la foi,
C'est le secret lien, le solennel baptême,
Qui purifie et joint l'homme à l'Etre suprême!
    Croyez-moi, croyez-moi!

III.

Et, si vous me croyez, il faut être poètes
Epancher les trésors de vos ames muettes;
Il faut aimer et croire!— Il faut dans la cité,
Dans la plaine, à l'autel, au milieu des campagnes,
Perdus dans les déserts, perdus dans les montagnes,
Consacrer tous vos chants à votre trinité!

Amis, commencez donc ce grand pélerinage :

Ne vous effrayez pas s'il survient un orage :

Poètes, Dieu le veut, soyez forts et partez !

Pilotes, envoyés sur l'océan qui gronde,

Pendant que vous irez découvrir votre monde,

    Aimez, croyez, chantez !

FIN.

TABLE

DES MATIÈRES.

TABLE.

LIVRE SECOND.

FIN DE LA TABLE.

Imp. de Moessard, rue Furstemberg, 8.

DU MÊME AUTEUR,

Pour paraître incessamment :

LA TOMBE ET LE BERCEAU,

Roman. — 1 volume in 8° :

HÉLION DE JACQUEVILLE,

Drame en vers et en 5 actes.

1 volume in-8°.

————

LIVIA,

PAR EUGÈNE ROBIN.

1 vol. in-8°. Prix : 6 fr. 50.

www.ingramcontent.com/pod-product-compliance
Lightning Source LLC
Chambersburg PA
CBHW052006020726
47501CB00004B/1034